KB121220

로크미디어가
유혹하는
재미있는 세상

ROK
MEDIA
로크미디어

이것이 법이다

이것이 법이다 16

2016년 11월 3일 초판 1쇄 인쇄
2016년 11월 8일 초판 1쇄 발행

지은이 자카예프
발행인 이종주

기획 팀 이기헌 송윤성 왕소현
책임 편집 최전경

발행처 (주)로크미디어
출판등록 2003년 3월 24일
주소 서울시 마포구 성암로 330 DMC첨단산업센터 3층 314호
Tel (02)3273-5135 **Fax** (02)3273-5134
홈페이지 rokmedia.com **E-mail** rokmedia@empas.com

© 자카예프, 2015

값 8,000원

ISBN 979-11-6048-007-8 (16권)
ISBN 979-11-255-9575-5 04810 (세트)

이것이 법이다

16

자카예프 장편소설

로크미디어

CONTENTS

　세상을 살다 보면 별의별 사건을 다 보게 마련이다.

　특히 변호사라는 직업은 더더욱 그렇다. 온갖 사건들이 변호사를 찾아오기 때문이다. 하지만 그런 변호사들조차도 당황할 수밖에 없는 사건들이 있었다.

　"네?"

　남상주 변호사는 눈앞에 있는 사람을 미친 거 아닌가 하는 얼굴로 바라보고 있었다.

　"자수하고 싶습니다."

　"자수라니요?"

　아니, 그걸 왜 변호사한테 와서 상담한단 말인가? 물론 자수해서 형량을 깎는 쪽으로 하려고 하는 사람도 있기는 하다. 하지만 이 사람의 말은 그게 아니었다.

"제가 자수할 수 있게 해 주세요."

"자수는 경찰서나 검찰청에서 하시면 됩니다만?"

"자수를 안 받아 줍니다."

"네?"

자수를 받아 주지 않는다니, 이 무슨 말도 안 되는 소리란 말인가?

"저기, 손님, 뭔가 잘못 아신 거 아닙니까?"

새론에 오는 손님은 정해진 순번에 따라 받게 되어 있다. 특정인에게 사건이 몰리는 것을 막기 위해서다.

물론 어느 정도 규모가 되는 사건은 정예 멤버들이 하지만 그래도 일반적인 사건은 그렇게 돌아가면서 해결한다.

'아니, 이건 일반적인 거라고 봐야 하나?'

하지만 이번 사건은 일반적인 것인지에 대한 판단부터 해야 할 정도로 어이가 없었다. 처벌을 제대로 받기 위해 변호사를 고용하겠다니.

"잠시만요."

결국 남상주는 슬쩍 자리에서 일어나 바깥으로 나가서 배정하는 직원에게 다가갔다.

"저기 말이야, 지금 들어온 사람."

"네."

"약간 이거 아냐?"

머리 옆에 손가락을 대고 빙글빙글 돌리는 남상주. 하긴 미친놈이 아니고서야 이런 일로 변호사를 찾을 리 없다.

"글쎄요……. 저도 당황스러워서 남 변호사님한테 배정한 거라서요."

"끄응."

하긴 직원의 입장에서도 살다 살다 이런 의뢰는 처음일 테니까.

"아니, 세상에 자기를 감옥에 넣어 달라고 하는 놈이 어디 있어?"

"저기 있잖아요."

"끄응."

남상주가 얼굴을 찌푸리자 마침 바깥에 나와 있던 노형진이 고개를 갸웃하면서 다가왔다.

"뭐 재미있는 사건이 있나 봐요?"

"아, 노 변호사, 나왔나?"

"네, 큰 건이 끝났으니 일해야지요. 그런데 왜요? 무슨 일 있어요?"

보통은 이렇게 심각한 얼굴로 배정 담당과 이야기할 일이 없기에 노형진은 고개를 갸웃했다.

"그게 말이야, 약간 미친 놈이 온 것 같아."

"미친놈요?"

"자기를 감옥에 넣어 달래."

"네?"

"그러니까 이상하지?"

"아니, 그게 무슨……."

변호사는 감옥에 가기 싫거나 손해를 보기 싫어서 고용하는 건데 자신을 감옥에 넣어 달라니?

"혹시 먹고살기 힘들어서 그런 거 아니에요? 그런 놈들 있잖아요."

감옥에 가면 먹여 주고 재워 준다. 그러니까 아예 인생 말종은 감옥에 가려고 범죄를 저지르기도 한다.

"그건 아닌 것 같아. 자수하려고 하는데 경찰이랑 검찰이 거부했다는데?"

"잉?"

범인이 자수하려고 하는데 거부한다니, 도무지 이해할 수 없는 말이다. 누가 그런단 말인가?

"그래요? 흠, 재미있어 보이네요."

"설마 자네가 해 볼 생각인 거야?"

"글쎄요. 좀 재미있는 것 좀 해 보는 것도 나쁘지 않을 것 같은데요?"

사실 재미있다고 하기에는 사건이 이상하지만 뭔가 뒤에 있을 것 같았다.

"뭐, 자네가 한다면 나도 따라가야지."

"네?"

"재미있을 것 같다며? 그럼 나도 따라가야지. 하긴 이런 사건, 변호사 생활 하면서 어디 한 번이나 겪겠어?"

"헐."

노형진은 피식 웃었다.

"뭐, 그러세요. 그런데 그다지 힘들 것 같지는 않네요."

"그렇지?"

보통 이런 경우는 거의 경찰이 취급도 하지 않는 잡범이거나 당직을 서던 직원이 귀찮아서 접수를 거부하는 경우다. 그러니 자신들이 가면 바로 접수되고 끝이었다.

"뭐, 자수하겠다는데 도와줘야지요."

"그렇지."

그렇게 가볍게 생각한 노형진은 나중에 진실을 알고는 쓴 웃음을 지을 수밖에 없었다.

⚖️

"반갑습니다. 노형진입니다. 이번 사건을 담당하게 되었습니다."

"네?"

"아, 아무래도 사건이 복잡한 것 같아서 도움을 요청했습니다."

남상주가 아까 전에 나간 걸 대충 둘러대자 그는 납득했다. 하긴 다른 변호사가 함께 들어왔으니 딱히 의심할 필요는 없었다.

"그래서 자수하고 싶은데 경찰에서 거부당하셨다고요?"

"네."

"그러면 사건이 뭔가요?"

솔직히 노형진은 이때까지는 잡범이라 생각했다. 기껏해야 라면 하나 훔친 그런 부류 말이다. 하지만 그다음 말에 얼굴이 딱딱하게 굳었다.

"살인입니다."

"네?"

"살인입니다."

"살인이라니요?"

"제가…… 사람을 죽였습니다."

노형진과 남상주는 심각한 얼굴로 그를 바라보았다.

'진짜로 미친 건가?'

물론 사람이 사람을 죽일 수도 있다. 그리고 자수할 수도 있다. 양심의 가책을 느껴서 말이다. 하지만 잡범도 아닌 살인범의 자수를 경찰과 검찰이 거부할 리 없지 않은가?

"살인이라고 하셨나요, 석진우 씨?"

"네…… 제가 사람을 죽였습니다."

"음……."

노형진은 심각하게 그가 미친 거 아닌가 하는 생각을 했다.

'그런 거 아냐? 없는 사실을 진실이라고 생각하는 정신병?'

그런 거라면 정신병원에 가야 한다.

"그래서 어디서 살인하셨습니까?"

"성례라는 작은 동네입니다."

"성례!"

노형진이 자신도 모르게 소리를 지르자 남상주가 그를 이상하게 바라보았다.

"아닙니다. 거기에 일어난 사건이 생각나서요."

"생각?"

"네."

노형진은 그제야 비슷한 사건이 생각났다.

'그러고 보니 그 사람이 자수를 시도한 시점이 언제인지는 몰랐잖아? 이때쯤이었나?'

성례에서 벌어진 나래 슈퍼 살인 사건.

처음 사건은 단순했다.

살인 사건이 발생했고 범인이 잡혔다. 그런데 나중에 진범이 양심의 가책을 이기지 못하고 자수했다.

문제는 여기서 발생했다. 경찰과 검찰이 그를 강제로 돌려보내고는 그것만으로도 모자라서 조용히 살라고 협박한 것이다.

'음…….'

경찰과 검찰은 그 동네의 지체 장애자 두 명을 살인으로 집어넣었는데 그 과정에서 폭행과 협박, 고문을 한 것이다. 그리고 진범이 나타나자 그 사실이 드러날까 두려워서 사실을 감췄던 사건.

'그러고 보니…….'

나중에 그 사건을 처리했던 판사는 국회의원이 되었고, 검사는 검사장이 되었으며, 변호사는 잘나가는 로펌으로 옮겼고, 고문을 주도했던 경찰은 서장이 되었다.

그들은 사건이 재수사에 들어가자 온갖 압력을 넣어서 수사를 방해했다. 물론 그 후에도 처벌을 받지 않았다.

"왜 그러나?"

"아닙니다."

노형진이 심각해지자 남상주는 잠시 갸웃했지만 살인 사건이라 그럴 거라 생각했다.

'그래, 그래도 혹시 모르니까 확인해 보자.'

노형진은 혹시나 하는 마음에 물어보기로 했다. 진짜로 미친놈일 수도 있으니까.

"혹시 그 사건이 나래 슈퍼입니까?"

"그…… 그걸……?"

그 말을 들은 석진우의 얼굴이 딱딱하게 굳었다.

하긴 이때는 그 사건에 대해 아는 사람이 거의 없을 것이다. 공식적으로 이 사건은 초반에 범인을 잡은 공로로 경찰이 포상까지 받은 사건이니 일반인이 알 리 없었다.

"아…… 아는 분에게서 그 사건이 이상하다는 소리를 들은 적이 있어서요."

"그렇습니까?"

우울한 얼굴이 되는 석진우. 하지만 남상주는 여전히 이해하지 못하겠다는 표정을 지었다.

"그게 뭔데? 내가 모르는 사건인가?"

"그게 말이죠."

노형진은 사건을 대략적으로 설명하자 남상주는 얼굴이 붉으락푸르락해지더니 이내 벌떡 일어나서 소리를 질렀다.

"뭐야? 그런 일이 있었단 말이야?"

석진우는 고개를 푹 숙였다.

"죄송합니다. 그때는 우발적이었습니다."

"음……."

표정이 묘해지는 남상주 변호사.

석진우는 살인범이 맞다. 문제는 자신의 죄를 인정하고 반성하고 있다는 것이다. 더군다나 자수하기 위해서 변호사에게 찾아오기까지 했다.

"다른 사람은 안 찾아갔습니까?"

"갔지요. 하지만 절 다들 미친놈 취급하더군요. 그리고 솔직히 말해서 제가 변호사를 고용해서 자수할 만큼 돈이 많은 놈도 아닙니다. 그래서 여기로 온 겁니다. 대룡이 변호사 비용을 지원해 준다고 해서요."

"그거야 그런데…….."

그런데 기본적으로 피해자를 구제하기 위해 하는 것인데 가해자가 자수하기 위해 변호사를 고용하겠다니.

"좋게 생각하세요. 일단 구제해 줄 피해자는 있지 않습니까?"

"누구? 희생자는 죽었다면서?"

"그 두 명 말입니다."

"아…….."

그들의 폭행에 없는 죄를 뒤집어쓰고 감옥에 간 두 명. 그들은 명백하게 희생자다.

"그러니까 이 사건은 우리가 받아들이는 게 맞다고 생각합니다."

"그런가?"

남상주는 심각하게 고민하는 얼굴이 되었다. 하긴 이런 사건은 본 적도, 해결한 적도 없으니 말이다.

"문제는 이걸 어떻게 해결하느냔 말일세. 공식적으로 이 사건은 끝난 거야. 당연히 사건을 접수해 봤자 거부당할 걸세."

사건은 끝났고 범인까지 나왔다. 그러니까 석진우가 자수한 것까지 막았을 테고 말이다.

"글쎄요…….. 이거…….. 참 곤란한데요…….."

엄밀하게 말하면 석진우는 이 사건에 대해 고발할 만한 아무런 증거가 없었다.

"흠…….."

노형진은 한참 고민에 빠졌다.

"한 가지 확실한 건 말입니다. 이건 그냥 넘어갈 수 없다는 겁니다."

"음……."

지금 이 순간도 희생자들은 감옥에서 고통 받고 있다. 누군가의 승진을 위해서 말이다.

"살인자보다 더한 놈들입니다."

"……."

물론 살인은 나쁜 짓이다. 하지만 석진우는 그걸 뉘우치고 있고 스스로 처벌받기 위해 노력하고 있었다.

반면에 그들은 자신들의 영달을 위해서 전혀 엉뚱한 사람을 고문하고 증거를 조작하고 감옥으로 보낸 것으로도 모자라서 자수하는 사람까지 막고 있다.

"우리가 가서 한다고 그들이 말을 들을까?"

남상주는 그게 고민이었다.

"이건 형사사건일세. 자네도 알다시피 형사사건에서 우리가 할 수 있는 것은 한정되어 있어."

검사와 경찰, 심지어 판사까지 관련되어 있다. 그들이 뭉쳐 있는 이상 고발을 넣어 봐야 무시하고 '증거 없음.', 또는 '혐의 없음.'으로 처리하면 아무 효과도 없게 된다.

"그렇지요."

노형진은 석진우를 바라보았다.

"석진우 씨."

"네?"

"진짜로 자수하실 생각입니까?"

석진우는 고개를 끄덕거렸다.

"네, 전 돌이킬 수 없는 죄를 지었습니다. 그 죄를 다른 사람이 뒤집어쓰고 고통 받는 건 더 이상 원하지 않습니다."

그의 생각은 단호했다. 하긴 수년이 지난 후에도 자수하는 사람이니까.

"흠."

노형진은 곰곰이 생각에 빠졌다.

"형사 쪽으로 가는 것은 아무리 생각해도 무리입니다."

"그렇지?"

"네."

노형진은 한참을 고민하면서 해결책을 찾기 시작했다.

'그럼 결국 민사 쪽인데.'

형사는 저쪽에서 짜고 고치면 그만이다. 결국 민사 쪽으로 수사해야 한다.

'그렇다면……'

노형진은 잠시 고민하다가 석진우를 바라보았다.

"석진우 씨."

"네."

"혹시 이슈 타 볼 생각 없습니까?"

"이슈요?"

"네."

"아니, 이슈라니. 무슨 이슈?"

"세상은 말이죠, 가끔은 무겁고 진지한 것보다는 병맛인 게 터지는 곳이거든요."

"병맛이?"

"네."

남상주와 석진우는 고개를 갸웃할 수밖에 없었다.

"푸하하하!"

소송장을 본 남상주는 너무 웃긴 나머지 바닥을 데굴데굴 구를 수밖에 없었다.

"이걸로 소송하겠다고?"

"네."

"진짜로?"

"네, 어차피 민사는 어떤 이유로든 걸 수 있지 않습니까?"

"푸하하…… 그렇기는 하지만 이건…… 너무…… 하하하!"

미친 듯이 웃는 남상주. 그는 노형진의 머릿속이 진짜 궁금했다. 이런 것을 생각할 수 있는 것은 아마 노형진뿐일 것이라 생각하면서 말이다.

"이거 진짜 이슈 좀 되겠는데?"

"그렇지요?"

"그래, 으하하하! 아이고, 배야! 누가 이런 걸 생각이나 했겠어?"

"하하하."

민사소송의 기본적인 규칙. 그건 상대방으로 인해 피해를 입어야 한다는 것이다. 문제는 석진우가 그들 때문에 입은 피해가 전혀 없다는 것이다.

"하지만 피해는 만들면 그만이죠."

사람들이 봤을 때는 병신 같고 얼토당토않는 이유라고 할지라도 일단 자신이 피해를 입었다고 생각하면 소송할 수 있다. 노형진은 그 점에서 착안하여 전혀 생각지도 못한 소송을 걸기로 했다.

"이거참…… 범죄 은닉 및 도피로 인하여 감옥에 가지 못해 무료 급식과 무료 숙박을 하지 못하게 되었으니 그로 인한 손해배상을 청구한다니……."

생각지도 못한 논리였다. 그들이 범죄를 은폐한 덕분에 처벌을 받지 않은 것에 대해 소송한다는 걸 누가 생각이나 하겠는가?

"어쩌겠습니까? 이러는 수밖에 없는데요."

어찌 되었건 이 소송이 진행되면 상대방은 소송에 대응할 수밖에 없다. 그리고 그들이 석진우가 범인이 아니라는 증거를 내기 위해서는 기존 사건의 증거를 가지고 오는 수밖에 없으며, 그걸 노형진이 깨 버리고 난 후에 다시 그걸 기반으로 사건을 진행하면 석진우가 원하는 대로 억울하게 잡혀 들어간 사람들을 구할 수 있다.

"용케도 석진우 그 사람이 허락했군. 사정을 모르는 사람은 병신이라고 욕할 텐데."

"어차피 살인자입니다. 누가 욕하든 상관이 있을까요?"

"음······."

만일 계획대로 되면 그는 그가 원하는 대로 감옥에 들어간다. 그러니 감옥에서 누가 욕하든 말든 무슨 상관이란 말인가? 그가 나올 때쯤에는 이 일에 대해서는 아무도 기억하지못할 것이다.

물론 그가 감옥에 가고 나서는 노형진이 사실을 공개할 것이기도 하지만 말이다.

"거참, 공식적으로는 희대의 병신 같은 소송이 되겠군그래."

"그렇겠지요. 그렇지만 때로는 병맛도 전략입니다. 하지만 그 전에 우리가 해야 하는 것이 하나 더 있지요."

⚖️

"반갑습니다."

노형진은 눈앞에 있는 가족들을 보면서 침을 꿀꺽 삼켰다.

'이런 경우 어떤 일이 벌어질지 모른다는 게 문제인데.'

눈앞에 있는 가족들. 그들은 석진우를 대신해서 끌려간 두 명의 아이들과 살해당한 할머니의 가족이었다.

"일단은 사정을 들으셨겠지요?"

"네."

"이쪽이 석진우 씨입니다."

노형진은 혹시나 하는 마음에 마음을 졸이면서 석진우를 그들에게 소개했다.

"크흑흑…… 죽을죄를 지었습니다."

석진우는 무릎을 꿇으면서 그들에게 사죄했다. 자신이 저지른 한 번의 실수가 저들에게 어떤 고통을 줬는지 알고 있었기 때문이다.

"죄송합니다. 흑흑흑."

그렇게 한참을 바라보던 사람 중 한 사람이 드디어 입을 열었다. 그는 그를 대신해서 아들이 끌려간 사람이었다.

"지금이라도 자수해 줘서 고맙습니다."

"아닙니다. 제가…… 제가…… 흑흑흑."

석진우는 눈물을 감추지 못했다.

하긴 그 오랜 시간 동안 죄책감을 가지고 살아왔으니 더욱 슬플 수밖에 없었다.

"왜 지금까지 자수하지 않았어요?"

하지만 다른 한쪽은 다른 쪽과는 다르게 날카롭기 그지없었다.

하긴 아무리 정신지체가 있다고 해도 소중한 자식이다. 그런데 그 때문에 감옥에 가 있는 상황이다. 그러니 당연히 날카로울 수밖에 없다.

"사실은…… 몰랐습니다. 죄책감에 제대로 사회생활도 못하고 외부로 나가지도 않았습니다. 설마 저 때문에 다른 사람이 끌려갔을 거라고는 생각도 못 했습니다. 흑흑흑."

그는 눈물을 흘리고 있었다.

"죄송합니다. 죄송합니다."

석진우는 그저 사죄하는 수밖에 없었다.

자신의 죄다. 그 때문에 수많은 피해자가 생겼다.

노형진은 그런 석진우를 바라보다가 또 다른 피해자 가족을 바라보았다.

"괜찮으십니까?"

진짜 피해자, 정확하게 표현하자면 1차 피해자인 사망자의 가족들이었다. 그들은 그저 침묵을 지킬 뿐이었다.

"용서까지 바라지 않습니다. 그저 제가 한 짓이니 저 두 아이가 한 짓이 아니라는 점만 알아주시면 됩니다."

석진우는 용서를 원하지 않았다. 그럴 생각도 없었다.

그런데 그런 그들의 말은 의외였다.

"솔직히…… 당신에 대한 용서는 모르겠습니다. 하지만 그 아이들은 용서고 자시고 할 것도 없습니다."

"네?"

"경찰에서도, 검찰에서도 말했습니다. 그 애들은 아니라고. 그 애들이 그럴 리 없다고."

"그랬다고요?"

"네, 그 애들은 우리 쪽에 자주 오는 애들입니다. 지능이 부족하기는 하지만 착해서 돌아가신 할머니가 자주 챙겨 주던 아이들입니다."

"그래요?"

"네, 애초에 그 애들은 그런 살인을 저지를 수 있는 지능이 아니에요. 사탕 하나에 좋다고 뛰는 애들이 무슨 살인입니까?"

"흠……."

결과적으로 경찰은 초동수사 단계에서부터 주변의 말을 아예 듣지 않았다는 소리다. 노형진은 얼굴을 찌푸렸다.

'물론 여론에 움직일 수는 없는 노릇이지만.'

물론 주변을 잘 숨기는 사람도 있다. 하지만 그렇다고 해서 그가 범인이라는 확신을 가지고 주변의 말을 아예 듣지 않는 것도 심각한 문제다.

"그리고 그날 증인도 있었습니다."

"네?"

노형진은 이 사건에 대한 자세한 이야기는 몰랐다. 당연히 증인이 있다는 소리도 처음 들었다.

"마침 지나가던 동네 아주머니가 멀리서 남자가 가게에서 나와서 가던 걸 봤다고 하더군요."

"그런데요?"

"그걸 이야기했는데 들은 척도 안 했답니다."

"그래요? 동일인이라 생각한 게 아니고요?"

"그 애들은 정신적으로 약간 문제가 있습니다. 그렇게 빨리 못 움직여요."

노형진은 그 당시 있던 일을 들으면서 처음부터 경찰과 검찰에게 수사 의지가 없었다는 것을 알아차렸다.

'이런 미친놈들 같으니라고.'

보통은 사건을 수사하던 도중에 막혀서 범죄를 뒤집어씌운다. 그런데 이 사건은 아예 처음부터 남의 말을 듣지도 않으면서 수사했다.

'하긴 수사 바로 다음 날 애들을 체포한 거면 말 다 한 거지.'

노형진은 곰곰이 생각에 잠겨서 이런저런 생각을 하다가 천천히 피해자 가족들을 바라보았다.

"어찌 되었건 석진우 씨는 자신이 감옥에 가는 대신에 피해자 두 분을 감옥에서 꺼내기로 약속하셨습니다. 하지만 그러기 위해서는 여러분들의 도움이 필요합니다."

"도움? 우리 애를 감옥에 보내 놓고 도움? 장난해!"

피해자의 가족이 버럭 화냈다. 하긴 억울할 만도 하다. 하지만 분노는 분노이고, 상황은 상황이다.

"그래서 거절하시려는 겁니까? 그게 무슨 뜻인지 아시나요?"

"뭐?"

"도움을 거절한다는 것은 아이들을 그냥 그곳에 두겠다는 뜻입니다. 아까도 말씀드렸다시피 경찰은 석진우 씨를 기소할 생각이 아예 없습니다. 자신들의 실수, 아니 고의를 드러낼 생각이 없는 겁니다. 이런 상황에서 석진우 씨가 모른 척하면 아드님은 감옥에서 4년을 더 썩어야 합니다."

"……."

"도움이라는 말이 싫으시면 다른 것으로 대체하셔도 됩니다. 복수라고 해도 되고 아드님에 대한 구명 운동이라고 하셔도 됩니다. 하지만 어느 쪽이든 석진우 씨의 협력 없이는 그 아이들이 나올 가능성이 없습니다."

"그……."

"그리고 잔인하게 말하면 석진우 씨가 자수하는 덕분에 아이들에게 새로운 가능성이 생겼습니다."

"뭐요?"

노형진의 멱살을 잡아 올리는 피해자의 아버지. 하지만 노형진은 그의 정곡을 찔렀다.

"아이들은 억울하게 고문당하고 끌려갔습니다. 이 경우 소송하면 정부로부터 상당한 손해배상을 받을 수 있지요."

"지금 우리 자식들을 돈으로 보는 거야, 뭐야?"

"돈으로 판단하는 겁니다."

"이 개새끼!"

노형진을 치려고 주먹을 치켜드는 피해자의 아버지. 그런 그를 석진우가 말렸다.

"그만두세요!"

"넌 뭐야?"

"아드님이 감옥에 간 건 저 때문입니다. 노 변호사님이 아니구요. 그리고 노 변호사님도 굳이 저를 대신해서 분노를 받아 내려 하지 않으셔도 됩니다. 전 이미 마음을 굳혔습니다. 맞아 죽어도 제가 맞아 죽을 겁니다."

"……."

"그런……."

노형진이 그를 도발한 건 한번 분노를 토해 내야 제대로 일이 될 것 같아서였다. 그래서 자신이 도발했는데 석진우가 그걸 알아차리고는 중간에 끼어든 것이다.

"패려면 절 패십시오. 하지만 아드님을 돕기 위해서는 노 변호사님의 도움이 필요합니다. 아니면 아드님을 그곳에 그냥 두고 싶으신가요?"

"끄으응……."

결국 피해자의 아버지는 털썩 주저앉아서 씩씩거렸다. 그의 말이 맞았기 때문이다.

"절 저주해도, 죽이고 싶어 해도 전 괜찮습니다. 저 때문에 벌어진 일이니까요. 하지만 이번만은 그 두 아이를 꺼내는 데에 협조해 주십시오. 그 아이들만 꺼낼 수 있으면 제 양심의 가책을 덜 수 있습니다."

"음……."

사람들 사이에 침묵이 흘렀다.

한참 지나서 입을 연 것은 돌아가신 할머니의 가족이었다.

"그렇게 합시다."

"네?"

의외로 가장 먼저 입을 연 것이 그였기 때문에 다들 놀랐다. 사실 이들이 말하지 못한 건 그들 때문이었다.

나머지 두 가족은 자식들이니만큼 감옥에서 꺼내 주려고 하는 마음이 작지는 않겠지만 그들은 할머니가 죽었다. 다시는 돌아올 수 없는 것이다.

"물론 저 사람을 용서하는 건 아닙니다. 저 역시도 진범을 죽이고 싶도록 미워했습니다. 지금도 마찬가지고요."

"……."

침묵을 지키는 석진우.

"그런데 진범이 나타났습니다. 그렇다면 당연히 그를 집어넣어야겠지요. 그게 그의 소원이라고 해도 말입니다."

"……."

"원하는 대로 하십시오. 우리 어머니도 그 아이들이 감옥에 있는 걸 원하지는 않으실 테니까요."

석진우는 고개를 푹 숙여서 인사를 건넸다.

"감사합니다."

회사로 돌아가는 길에 노형진과 석진우는 침묵을 지켰다. 누구도 말하지 않았다. 이제는 범인으로서 감옥에 가기 위해 황당한 소송을 해야 하는 두 사람이다.

"사고였습니다."

한참 침묵을 지키던 석진우는 천천히 입을 열었다.

"그때 전 마약중독자였습니다. 몸도, 마음도 망가진 상태였지요."

노형진은 그저 들을 뿐이었다.

그는 의뢰인이다. 따질 수도, 살인을 저지른 나쁜 놈이라고 할 수도 없다. 더군다나 그는 스스로 벌을 받고자 하는 사람이다.

"마약을 사는 데에 돈이 필요했습니다. 하지만…… 돈을 구할 곳이 없었지요."

"……."

"그래서 들어간 겁니다. 단돈 얼마라도 훔쳐서 가려고요. 그런데 때마침 그 할머니가 들어오시더군요."

노형진이 대답하든 말든 그는 이야기했다. 마치 그동안의 죄를 고백하듯이 말이다.

"겁이 났습니다. 도망가기 위해 밀었지요. 그런데 쓰러지면서 머리를 부딪쳤습니다. 전 체육 쪽 일을 했습니다. 살리기 위해 인공호흡을 했지만…… 소용없었지요."

그는 담담하게 말했다.

"그 후에 도망 다녔습니다. 도망 다니고 도망 다니고 또 도망 다녔습니다. 그러다 보니 마약도 끊게 되더군요."

"그런가요?"

"네, 웃기지만 그분은 죽고 나서도 절 용서해 주신 게 아닌가 하는 생각이 듭니다. 물론 자기 합리화일지도 모릅니다. 하지만 주변은 보면 사고를 친 마약중독자는 많지요. 그들은 대부분 더욱 마약에 빠집니다. 하지만 전 반대였지요. 공포감과 두려움, 죄책감 때문에 마약을 끊을 수 있었던 겁니다."

"……."

"합리화인지 진짜로 그분이 용서한 것인지 모르겠습니다. 하지만 한 가지는 확실해지더군요. 어느 쪽이든 난 벌을 받아야 한다고. 그래서 자수하러 간 겁니다."

물론 그 와중에 자신들의 안위를 위해 사건을 은폐하는 병신 같은 짓을 목격하게 되었지만 말이다. 노형진은 그를 다독거리지도, 그렇다고 위로하지도 않았다. 그가 할 말은 하나뿐이었다.

"걱정하지 마세요. 확실하게 감옥에 넣어 드릴 테니까요."

희대의 병맛

병맛.

뭐라고 표현하기 묘한 표현 방식이다.

병신의 맛이라는 약간은 비하적인 뜻이 담겨 있기는 하지만 한편으로는 말도 안 된다는 것을 뜻하는 말이기도 하다. 그리고 토픽란에는 진짜 병맛이라고 할 만한 사건이 이름을 올리고 있었다.

"아니, 이게 무슨 말이야?"

"감방에 보내 주지 않아서 소송을 거는 건 또 뭔 경우야?"

소송은 기본적으로 자신의 손해를 보충하기 위해서 하는 것이다. 그건 누구나 안다. 하지만 그렇다고 해도 이건 너무한 것이 아닌가? 애초에 상식적으로 말이 되지 않는다.

"장난치나?"

감옥에 가지 않았다는 이유로 손해배상을 청구한 가해자. 그리고 그걸 재판해야 하는 재판부.

"하하."

"이거참 살다 살다 별꼴을 다 보네."

사람들은 그 소속을 듣고 그저 웃거나 낄낄거렸다. 하지만 몇몇 사람들은 이번 사건에 대해 심각하게 생각할 수밖에 없었다.

그럴 수밖에 없는 것이 잘 모르는 사람들이야 그저 희대의 병신 짓이라고 생각하겠지만 그 소송의 담당 변호사를 보면 그렇게 생각할 수가 없었던 것이다.

"노형진이야?"

법률 신문의 기자인 심다식은 우연한 기회에 그 담당 변호사의 이름을 보고는 놀라서 반문했다.

"왜요? 아는 사람이에요?"

신입 기자의 말에 심다식은 한심스럽다는 듯 그를 바라보았다.

"얌마, 너 들어온 지 세 달이나 지났는데 노형진을 몰라?"

"네? 누군데요?"

"소송 쪽에서는 괴물로 불리는 인간이야. 별명이 뭔지 아냐? 그라인더야. 그라인더. 만나는 족족 상대방이 변호사든 검사든 대기업이든 종교 단체든 다 갈아 먹는다고 해서."

"헐?"

깜짝 놀라는 신입 기자.

"그런데 그런 사람이 이런 병신 같은 짓을 한다고요?"

"흠……."

심다식은 심각한 얼굴이 되었다.

"왜요?"

"다른 사람이면 내가 이해하겠다만……."

실력이 없는 변호사가 돈독이 올라서 말도 안 되는 소송을 맡는 경우도 있다. 하지만 상대방은 노형진이다. 사건이 너무 많아 오는 사건도 골라서 받는다고 하는 그 노형진 말이다.

"이거 냄새가 나는데?"

"냄새요?"

"그래."

"아니, 배당하다 보니 그렇게 될 수도 있는 거 아닌가요?"

새론은 배당제로 사건을 배치한다. 그러니 배당하다가 이상한 사건이 갈 수도 있다. 하지만 심다식이 보기에는 그럴 가능성은 매우 낮았다.

"얌마. 넌 소 잡는 칼로 닭 잡는 거 봤냐?"

"네?"

"아무리 배당해도 이딴 말도 안 되는 사건을 배당하겠냐고. 상대방은 노형진이야. 이만저만한 괴물이 아니라고. 이건 람보르기니로 생수를 배달하는 꼴이라고."

"흠?"

"음······."

그는 직감적으로 뭔가 사건의 뒤에 있다는 사실을 느꼈고, 그것은 그의 기자로서의 호기심을 격하게 자극했다.

"이거, 이래도 됩니까?"

"됩니다. 그걸 노리는 거고요."

노형진이 이런 사건을 언론에 뿌렸을 때 분명 사람들이 이 사건에 대해 관심을 가질 거라 생각했다.

아나나 다를까, 사람들은 다들 관심을 가지기 시작했다. 물론 고쳐야 한다는 생각이 아닌 세상에 이런 병신이 있다는 생각에서 시작된 것이었지만 말이다.

"어찌 되었건 이슈화는 되었지요. 그러니 저쪽에서는 마음대로 사건 기록을 조작하지는 못할 겁니다."

단순히 우스갯소리 취급을 받기 위해 석진우의 사건을 인터넷에 올린 게 아니다. 일단 이런 터무니없는 사건이 터지면 단시간으로라도 석진우와 법원 쪽에 관심이 몰리게 된다. 그렇게 되면 그들이 섣불리 사건 기록을 고치지 못한다.

"그러니까 이 부분은 제가 하라는 대로 하셔야 합니다."

"네."

석진우는 담담하게 고개를 끄덕거렸다.

"하지만……."

"하지만이라니요?"

"다만…… 저쪽이 쉽게 물러날 것 같지는 않네요."

노형진은 걱정스럽게 중얼거릴 뿐이었다.

⚖

"망할! 이게 무슨 창피야!"

이번 소송의 당사자이자 그 당시 재판관이었다. 소태섭은
이를 빠드득 갈았다.

"망할! 망할!"

그는 그 당시 일하기 귀찮아서 사건이나 증거가 말도 안
되는데도 불구하고 대충 두 사람에게 20년 형을 선고하고 감
옥 안에 넣어 버렸다. 그런데 몇 년이 지난 후에 진범이 나타
났다는 말에 얼마나 놀랐던가? 더 웃긴 건 그 진범이 스스로
처벌받겠다고 나섰다는 것이다.

"망할 놈 같으니라고."

그는 이를 빠드득 갈면서 비서진을 바라보았다.

"방송국에서는 뭐래!"

"그게 어차피 토픽 정도니까 상관은 없다고 하지만 그래도
토픽인지라 막기가 좀 그렇답니다."

"뭐라고? 죽으려고 작정했나?"

"의원님, 아무리 그래도 이미 벌어진 일입니다. 그리고 언론을 적으로 삼아서는 의원님의 재선에 문제가 생깁니다."

"끄응……."

그는 생각지도 못한 문제가 자신의 인생을 쥐고 흔들 거라 생각하지 못했기 때문에 한숨만 나왔다.

"그 병신 새끼가 뭐라고."

그 아이들은 병신이다. 장애를 가지고 있는 애들이다. 그러니 제대로 된 사회의 구성원이 될 수도 없다.

'망할. 내가 인생을 구해 준 건데.'

어차피 정신지체를 가지고 있는 이상 돈을 벌지도 못한다. 사회적으로도 짐이다.

'망할…….'

그는 이를 악물고는 전화기를 들었다. 이렇게 된 이상 일을 해결해야 하기 때문이다.

⚖️

"개정하겠습니다."

이 사건은 따로 준비할 게 없었다. 정상적인 사건이었다면 이것저것 따로 준비해서 많은 사전 작업을 해야겠지만 이 사건은 이미 벌어진 거라 오래 기다릴 이유가 없었다.

"이번 사건은 원고 석진우가 자신의 범죄로 인해 처벌받지 못해 입은 손해를 청구하기 위해 진행되었습니다."

그렇게 노형진의 공격을 받게 된 상대방 변호사는 기가 막혀서 말이 안 나왔다.

'이게 무슨 병신 같은 경우야?'

지금은 대형 로펌의 잘나가는 변호사인 그는 이 사건이 벌어졌을 당시에 감옥에 간 두 명의 변호를 담당했던 사람이었다.

"망할."

그런데 이번 사건에서 변호사이자 피고로 이 법정에 선 것이다.

"그 당시 피해자는 그 슈퍼마켓에서 우발적으로 살인을 저질렀습니다."

노형진은 차근차근 그곳에서 있던 일을 설명했다. 몇 시에 어떻게 어떤 식으로 살인 사건이 벌어졌는지 말이다.

석진우는 그 말을 조용히 듣고만 있을 뿐이었다. 지난 몇 년간 자신을 괴롭히던 그 순간이다. 절대 잊을 수가 없었다.

"이상입니다."

노형진은 사건 개요를 설명하고 안으로 들어갔다.

'과연 어떻게 나오나 보자.'

어차피 이 사건에서 중요한 것은 이쪽 의견이 아니라 저쪽의 그 당시 수사 정보다. 고소를 넣은 이유도 그거다. 저들은 방어하기 위해서는 그 당시 수사 기록을 가지고 와야 하는데 그렇게 되면 그걸 손에 넣을 수 있다. 그리고 여기서 그걸 깨 버리면 재수사를 요구할 수 있다. 그게 최종 목적이었다.

"에…… 재판장님, 이런 당황스러운 사건은 저도 처음입니다만."

변호사인 이길차가 어색한 얼굴로 일어났다. 그럴 수밖에 없었다. 이길차는 변호만 해 봤지, 피고로서 행동하는 건 처음이었으니까.

"그 당시 사건 기록에 따르면 두 명의 범인들은 자신의 죄를 모두 인정하였습니다. 여기 그들의 진술서에 따르면 그들은 범죄 당일 새벽 1시경. 금전적 취득을 목적으로 해당 슈퍼마켓에 침입하여 저항하는 노인의 뒤통수를 가격하고 그 당시 금고에 있던 21만 원을 갈취하여 도망갔다고 진술하였습니다."

그는 그 당시 사건 기록 중 진술서를 꺼내 흔들면서 주장하고 있었다. 하긴 진술서야 가장 강력한 증거이기는 하다. 하지만 노형진이 봤을 때는 기가 막힐 노릇이었다.

'애들 장난도 아니고.'

진술서는 절대 애들이 쓸 수가 없는 것이었다. 애초에 변호사가 조금만 제대로 할 생각이 있다면 이상함을 느끼지 않을 수 없는 형태였다.

"이 진술서에서 보시는 것처럼 그들은 범죄를 저지르고 그 사실을 인정하였습니다. 이는 가장 완벽한 증거입니다. 범인의 자백을 믿지 않으면 과연 어떻게 수사가 진행될 수 있습니까?"

그들이 진술서에 사인한 이상 그들이 범행을 저지른 것이라고 주장하는 이길차.

노형진은 그걸 듣다가 너무 기가 막혀서 일어나서 따지기 시작했다.

"피고 측 변호인, 이거 읽어 보기는 했습니까?"

"당연히 했지요. 제가 그 당시 담당 변호사였습니다."

"그래요? 그런데도 그런 소리가 나옵니까? 실력이 영 없나 봐요?"

"뭐라고요?"

노형진의 도발에 발끈해서 넘어오는 이길차였다.

물론 읽어 보기는 했다. 하지만 관심도 없었다. 돈도 안되는 국선변호인 사건 따위 알 바 아니지 않은가?

"변호인에게 묻겠습니다. 그럼 변호인으로서 이 진술서에 이상함이 없다는 걸 확실하게 보장할 수 있습니까?"

"그렇습니다. 이 진술서는 정확합니다."

"그렇습니까?"

"그렇습니다."

하긴 그걸 부정하면 자신이 일을 망쳤다는 뜻이니 인정할리 없다. 물론 노형진이 봤을 때는 사방에 이상한 점투성이였지만 말이다.

"그러면 몇 가지 물어보죠. 이 진술서에 따르면 그들은 새벽 1시에 강도질을 모의하고 그곳에 들어갔습니다. 맞습니까?"

"그렇습니다."

"그러면 그곳에는 어떻게 갔나요?"

"네?"

생각하지도 못했던 질문에 이길차 변호사는 순간 질문을 이해하지 못했다. 어떻게 갔느냐니?

"이 기록에 따르면 가해자들은 새벽 1시에 강도를 하기 위해 그곳에 갔다고 되어 있습니다."

"그렇습니다."

"그런데 말입니다, 피해자들의 집은 그곳에서 버스로 30분, 걸어서 두 시간이나 떨어진 곳에 있습니다. 그런데 그 버스가 다니는 시간은 한 시간에 한 대, 그마저도 저녁 7시면 막차가 끊깁니다."

"헉?"

이길차는 몰랐던 정보에 당황했다.

'애초에 관심도 없었겠지.'

사람들은 요즘은 다 버스가 다닌다고 생각하지만 시골, 특히 사람들이 많이 살지 않는 곳은 하루에 버스가 두 번 정도 다니는 곳도 있다. 두 장애인이 살던 집 역시 사람들이 많이 사는 동네는 아니었기 때문에 한 시간에 한 대, 그마저도 버스가 일찍 끊기는 편이었다.

"그런데 어떻게 그들이 그곳에 간다는 건가요?"

"그거야 버스를 타고 가서 기다렸겠지요."

이길차는 몰랐단 사실로 공격당하자 애써 상황을 구상해 냈다. 물론 가능하다. 그리고 실제로 그런 범죄도 많이 일어난다.

"그렇군요."

"강도질을 하려고 하면 무슨 짓인들 못하겠습니까?"

한때 자신의 의뢰인을 강도로 몰아가면서 딱 잡아떼는 이길차.

노형진은 그런 이길차를 보면서 다음 질문을 던졌다.

"그러면 말입니다. 하나만 더 묻죠."

"뭡니까?"

"가는 건 둘째치고 오는 건 어떻게 옵니까?"

"네?"

"어떻게 오느냐 말입니다. 사건 기록에 따르면 아침 7시에 마을에 도착하여 집으로 들어가서 잠을 자는 척하면서 범죄를 은폐했다고 되어 있습니다."

"그렇지요."

"그런데 거기로 가는 버스의 가장 빠른 시간이 7시 30분이고 두 사람의 마을에 도착하는 시간이 8시입니다. 그런데 그들이 어떻게 7시에 집에 도착해서 잠자리에 든단 말입니까?"

"그거야 걸어서……."

노형진은 코웃음이 나왔다. 말도 안 되는 소리다. 물론 일반적인 사건이라면 그렇게 말했을 것이다. 하지만 이 사건은 다른 사건과 다르다.

　"정신지체아라면서요."

　"네."

　"그러니까 이길차 변호사님께서는 정신지체아 두 명이 강도를 모의하고 미리 가서 대기하다가 강도질을 하고 그 후에 두 시간에 걸려서 집으로 걸어와서는 잠자리에 들었다고 말씀하시는 겁니까? 도대체 어떤 부분이 정신지체로 보인다는 겁니까?"

　물론 정신지체라고 해도 중증이 있고 경증이 있다. 두 아이는 정신지체 경증을 가지고 있다. 그래서 반복해서 숙달하면 일상을 살아갈 수는 있다. 하지만 말 그대로 반복해서 숙달한 과정이 필요한 거니 이런 전혀 해 본 적이 없는 건 능숙하게 할 수가 없다.

　"정신지체를 가진 두 명이 계획범죄를 했다 이건데요."

　노형진은 사건 기록을 보다가 이길차에게 심각한 얼굴로 물었다.

　"정신지체는 이 애들이 아니라 당신 아닙니까? 도대체 어떻게 변호사 자격을 따셨어요?"

　"뭐요!"

　"원고 측 변호인, 말조심하세요."

판사는 그런 노형진에게 한마디 했다. 하긴 일반적으로 하는 말치고는 너무했으니까.

"아, 미안합니다."

노형진이 사과하고 나자 판사는 한마디를 더 했는데 그 말을 들은 이길차는 벙해져서 말도 못 할 지경이었다.

"사실을 적시하는 것도 명예훼손에 들어갑니다."

"헐?"

사람들의 상식과 다르게 명예훼손은 거짓말하는 것에만 해당되는 게 아니다. 상대방이 말하기 싫거나 인정하기 싫은 사실을 공시하는 것도 명예훼손에 속한다. 판사는 교묘하게 그 사실을 지적하면서 노형진의 의견에 슬쩍 공감을 표시한 것이다.

"큭큭큭."

노형진과 함께 원고 측 변호인 자리에 있던 남상주는 애써 웃음을 참을 수밖에 없었다. 그에 비해 이길차는 진짜 똥 씹은 표정이 되어 갔다.

"에…… 그리고 이상한 점이."

노형진은 어색한 얼굴로 다시 재판에 들어갔다. 이런 식으로 판사가 편들어 줄 거라 생각하지 못했기 때문이다.

"그러니까 그 부분에 대해서는 할 말 있습니까?"

"계획했겠지요. 충분히 연습하면 가능합니다."

"그거야 가능하지요. 근데 당신 같으면 21만 원 훔치려고 그 연습을 하겠습니까?"

"……."

아마도 그 비용이 더 들 텐데 말이다.

"그리고 이 부분 말입니다."

노형진은 그들의 진술서를 꺼내 사람들에게 보여 줬다. 워낙 특이한 사건이다 보니 제법 많은 구경꾼들이 왔기 때문이다.

"이 부분을 읽어 보지요. 범죄를 계획했느냐는 질문에 '네.'라고 답했습니다. 그 후에 대답이 야심한 밤을 틈타서 피해자를 기절시킬 목적으로 렌치를 선택하여 습격했다고 되어 있습니다."

"그래서요? 그게 뭐가 이상한가요?"

노형진은 이길차를 뚫어져라 바라보았다.

"정신지체를 가진 사람이 야심이라는 단어를 쓸 수 있다고 보기는 힘들지 않습니까?"

"네?"

"일반적으로 사람들이 쓰는 말은 늦은 밤, 아니면 새벽, 또는 캄캄한 밤이라고 표현하지, 야심한 밤이라는 표현은 법률 쪽이나 어느 정도 배운 사람들이 쓰는 표현입니다. 그런데 정신 지체를 가진 사람이 야심한 밤이라는 표현을 쓴다고요?"

"……."

"그 단어뿐만이 아닙니다. 다른 단어의 선택도 이상합니다. '두 사람이 렌치를 선택하여'라고 표현했는데 두 사람의 부모들은 농사꾼입니다. 차도 없고 농사용 기계 장비도 없죠. 근처에 공장도 없습니다. 그들이 렌치라는 단어를 접할 기회가 없습니다. 더군다나 습격? 도대체 습격이라는 단어에 어떻게 압니까?"

이길차는 아무런 말도 할 수가 없었다. 그런 건 몰랐기 때문이다. 노형진은 그런 이길차 변호사에게 더욱 따져 물었다.

"그리고 말입니다, 그것뿐만이 아닙니다. 진술서 곳곳에 일반적으로 사용하지 않는 단어들이 가득합니다. 금전을 취득할 목적으로……. 금전? 보통 돈이라고 하지 않습니까? 도주하여? 보통은 도망이라고 하지요. 은신한 후에……. 은신요? 보통 숨는다고 하지 않나요?"

"……."

맞는 말이다. 사건의 진술서는 사람들이 일반적으로 사용하지 않는 어려운 단어들로 가득했다.

"그리고 이런 건 보통 법률 쪽에서 많이 쓰는 단어 아닌가요? 가령 형사라든가 말입니다."

"그거야…… 그 애들이 말한 걸 적는 과정에서 형사가 쓸 수도 있고……."

"기본적으로 진술서란 그 사람이 말한 그대로 쓰는 것이라 알고 있는데요?"

"……."

이길차은 뭐라고 말할 수가 없었다. 그저 속으로 진술서를 쓴 경찰 녀석만 욕할 뿐이었다.

'망할 새끼. 하려면 제대로 하든가.'

자신이 마음대로 쓰는 것이다 보니 아무래도 평소에 쓰던 표현을 그대로 쓴 모양이다. 물론 일반적인 사람들은 그런 표현을 쓰지 않는다. 특정 계층이나 직업을 쓰는 사람들이 많이 쓰는 표현인 것이다.

"우리 원고 측의 진술서는 훨씬 상세하고 정확합니다. 그날 22시경, 해당 마을에서 버스를 놓쳤음. 23시경, 돈이 없어서 여인숙에서 숙박이 거절되었고 24시경, 남은 돈으로 술을 사 마신 뒤 01시경에 해당 슈퍼마켓을 발견하고 문을 따고 들어감. 도주 중 소리를 듣고 나온 피해자를 밀치고 도주. 다음 날 경찰이 출동한 걸 보고 피해자가 사망한 것을 알게 되었음."

"……."

완벽하게 깔끔하게 정리된 시간 순서.

"그에 비해 이 진술서는 뭡니까? 강도 이유가 치킨을 사 먹고 싶어서였다고요? 치킨을 사 먹고 싶어서 강도질하는 정신지체 장애인이 이렇게 치밀하게 장비까지 준비하면서 한다는 게 말이 됩니까?"

"크흠……."

이길차는 애써 눈을 돌렸다.

'망할 놈들.'

그 당시 담당 형사였던 녀석은 해당 지경의 서장이 되었고 판사는 국회의원이, 검사는 검사장이 되었다. 그 빼고는 모두 공적인 자리에서 승승장구하고 있어서 쪽팔린다면서 나오지 않는 바람에 혼자서 방어해야 하는 상황이었다.

'개새끼들.'

물론 변호사가 있다면 안 나와도 된다. 하지만 그는 변호사임과 동시에 피고. 사람들의 빈정거리는 듯한 시선이 그대로 느껴지고 있었다.

"그 부분은…… 추가적인 조사를 해야……."

"추가적인 조사라. 그럼 그 당시 조사가 제대로 되지 않았다는 걸 인정하는 거네요?"

"그건 아닙니다."

"근데 왜 추가적인 조사를 합니까?"

"……."

이길차는 이러지도, 저러지도 못하고 사람들의 눈치만 살피기 시작했다.

⚖️

"멍청하군. 도대체 저런 녀석이 어떻게 거길 들어간 거야?"

남상주 변호사는 나오자마자 넥타이를 풀면서 혀를 끌끌 찼다.

"그러게 말입니다."

그가 속한 로펌은 상당히 이름 있는 로펌이다. 물론 새론에 비하면 작은 규모지만 중견이라고 할 수 있는 크기를 가지고 있었다. 그런데 저런 멍청한 녀석이 변호사라니 이해가 가지 않았다.

"쯧쯧, 변호사 질이 너무 안 좋아졌어."

"더 심해지겠지요."

"끄응……."

우리나라 변호사들은 국영수와 암기를 잘하는 것만으로 뽑는다. 그러다 보니 일반적인 상식이 없다. 조금만 상식이 있으면 이상하다는 걸 알 수 있을 텐데 말이다.

"그나저나 이런 식으로 수사를 다시 진행시킬 수 있을까요?"

석진우는 왠지 답답한 얼굴이 되었다.

"네, 가능합니다."

"가능하다니요? 사건이 다 끝났는데요?"

"원래 형사는 일사부재리를 따릅니다. 동일한 범죄로 다시 처벌받지 않는다. 즉, 한번 형사처벌이 끝나면 끝이라는 거죠. 하지만 딱 하나 다른 게 있습니다. 그 공소 사실의 근간이 되는 정보에 변동이 생기면 다시 수사할 수 있습니다. 우리가 노리는 것도 그것이고요."

민사이긴 하지만 그들의 증거가 법정에서 부정당하면 노형진과 새론은 그걸 바탕으로 새로운 조사를 요구할 수 있다.

"그렇게 된다면 원하는 대로 될 겁니다."

"그렇군요."

성진우는 고개를 끄덕거렸다. 노형진은 그런 석진우를 보면서 고개를 갸웃했다.

"그나저나 안색이 안 좋으시군요. 걱정거리가 있나요?"

"네? 아닙니다. 그냥 요즘 고민이 많아서요."

하긴 자기 자신이 감옥에 가겠다고 나섰다. 더군다나 그 당시 마약까지 했으니 자수라고 하지만 가중처벌 받을 수도 있는 일.

"지금이라도 그만두시겠습니까?"

"네?"

"지금이라면 그만두실 수 있습니다."

"하지만 그 애들은요?"

"불쌍하기는 하지만 우리에게는 의뢰인의 의사가 먼저입니다."

석진우는 고개를 흔들었다.

"아닙니다. 이 세상은 자기가 저지른 죄는 자기가 받아야지요."

그는 역시나 단호하게 선을 그었다. 노형진은 그런 그를 보면서 기분이 묘했다.

'이런 사람은 처음인데 말이야.'

보통은 잘못을 인정하지 않고 감추고 속이려고 하지, 죄를 뉘우치고 스스로 벌을 받으려고 하는 사람은 천 명 중 한 명도 안 된다. 자수범의 대부분은 그저 자수하면 형량을 깎아주니까 하는 것뿐이다.

"그나저나 이제 다음번은 어떻게 될까요?"

"아마 다음번에는 저들 전부가 나올 겁니다. 혼자서는 안된다는 걸 알았으니까요."

"그러면 그걸 어떻게 방어하실 생각인가요?"

"제가 말입니다."

"네."

"왜 이 사건에 피해자 가족들을 끼워 넣었는지 아십니까?"

"네?"

석진우는 고개를 갸웃할 수밖에 없었다.

⚖

"기가 막히군. 이게 무슨 현장검증이야?"

피해자 가족은 피해자로서 사건 기록을 요구할 권한이 있다. 물론 자신들의 자료나 경찰이 확보한 자료만 볼 수 있지만 그걸 볼 수 있다는 것만으로도 노형진에게는 상당히 큰 이득이었다.

"그렇지요?"

"저런 게 경찰이라고. 어이구, 속 터져."

남상주가 어이가 없어하면서 보고 있는 것. 그건 다름 아
닌 현장검증 영상이었다.

"과연 우리가 이걸 달라고 하면 줬을까요?"

"줄 리 없지."

현장검증은 말 그대로 범인을 잡은 상황에서 어떤 식으로
범죄가 이루어졌는지 현장에서 재연시키는 것이다. 그리고
그건 일반적으로 녹화해서 보관한다.

"기가 막히는군."

남상주 변호사는 다시 한 번 동영상을 재생했다. 그리고
그 안에서 벌어지는 황당한 사건을 다시 뚫어져라 바라보기
시작했다.

―야! 거기 아니잖아! 뒤로 돌아가야지!

―저…… 저, 뒤는 잘 몰라요.

―콱! 이 새끼가. 가라면 가란 말이야!

―악!

수갑을 찬 두 아이는 형사의 발길질에 바닥을 나뒹굴었다.

―경찰 아저씨, 잘못했어요. 다시는 안 그럴게요.

―병신 새끼들아, 너희가 그렇게 병신 짓을 하고 다니니까 병신 소
리를 듣는 거야.

－엉엉엉.

　－잘 들어. 여기는 영화를 찍는다고 생각해. 너희는 배우고 난 감독이야. 알겠냐?

　－네…… 흑흑흑.

　－그러니까 배우는 감독 말을 잘 들어야지.

　－흑흑흑.

　－이 새끼들아, 질질 짜지 말고 시키는 대로 하라고!

　경찰들은 그들을 무자비하게 폭행했다. 두 아이들은 눈물을 흘리면서 그들이 시키는 대로 했다.

　－아오, 병신 새끼들아! 똑바로 안 해? 여기서는 네가 아니라 네가 노인네 뒤통수를 쳐야지!

　－해 본 적 없어요…… 엉엉.

　－해 본 적이 왜 없어! 우리가 해 본 적 있다면 있는 거야! 아오, 모자란 병신 새끼들.

　자신들의 말대로 안 되자 두 아이를 때리면서 열불을 내는 경찰. 그러자 그 뒤에 있던 다른 경찰이 낄낄거렸다.

　－이봐, 김 형사. 그 애들, 병신이잖아. 병신을 병신이라고 부르면 그건 욕이 아니지.

이것이법이다

―아, 맞다. 병신이야. 아오, 씨발. 내가 병신들을 데리고 뭐하는 짓인지.

김 형사라 불린 남자가 길길이 날뛰자 카메라를 들고 있던 사람이 피식 웃으면서 한마디 했다.

―거참, 저 애들은 배우는 못하겠구만. 껄껄껄.

현장검증은 이런 식으로 이루어지고 있었다. 그들은 아무것도 모르는 아이들을 구타해 가면서 그들의 행동 하나하나를 지정해서 움직이게 만들고 있었다.

"이걸 도대체 어떻게 구한 건가?"

남상주는 그걸 보면서 노형진을 바라보았다. 피해자 측 가족들이 요청해서 받은 자료들과 별도로 노형진이 가지고 온 이 동영상은 변호사로서의 그의 분노를 자극하고 있었다.

"썩은 경찰이 저 녀석들만은 아니죠."

왠지 씁쓸한 얼굴이 되는 남상주 변호사.

"그런 말이 있지요. 돈이면 귀신도 부린다."

"끄응……."

썩은 경찰은 저들만이 아니다. 이게 새어 나가면 저들의 인생이 파멸될 거라는 사실을 알 것이다. 하지만 그가 과연 신경이나 쓸까? 그 정보원은 노형진이 주는 돈에 기꺼이 이 동영상을 복사해서 넘겼다.

"그런데 이걸 어떻게 안 건가?"

"하하하, 그냥 어쩌다 보니요. 정보원에게서 들었습니다."

노형진은 미래에서 본 적이 있다고 말하지는 않았다. 미래는 누가 새어 나가게 했는지는 모르겠지만 실제로 이 동영상이 인터넷에 돌았고 사건을 재수사하게 되는 결정적인 계기가 되었다.

"그런데 이걸 위에서 모른 척했다는 게 도무지 이해가 안 가는데?"

"아마도 편집해서 줬을 겁니다."

"편집해서 줬다면 중간중간 끊기고 난리도 아니었을 텐데."

노형진은 어깨를 으쓱했다.

"그렇군."

그리고 남상주는 바로 알아들었다. 그들은 이 모든 걸 짜고 실행했다. 중간중간 끊긴 것에 신경이나 썼겠는가?

"결국…… 모두가 개놈이죠, 뭐."

"하아."

남상주는 왠지 갑갑한 마음에 한숨만 쉴 뿐이었다.

"노 변호사님, 손님이 왔습니다."

"손님?"

노형진은 고개를 갸웃했다. 찾아올 손님이 없기 때문이다.

"누군데?"

"소태섭 의원이라는데요?"

노형진은 얼굴을 찌푸렸다.

소태섭 의원. 그가 아는 사람이었다.

'결국 이렇게 나올 거라 생각은 했지.'

그는 그 당시 판사였던 사람으로, 이 모든 말도 안 되는 증거를 알면서도 모른 척하고 판결한 장본인이었다.

그리고 정치인이기도 했다.

"일단 들어오라고 하세요."

만나 주고 싶은 생각은 없었지만 일단 여기까지 왔다니까 안 만날 수도 없었다.

"커흠."

잠시 후 목에 힘주고 들어오는 소태섭.

그는 고개를 뻣뻣하게 들고 오자마자 노형진에게 묻지도 않고 자리에 앉았다.

그걸 본 노형진은 약간 눈을 찌푸렸다. 물론 의자가 앉으라고 있는 것이긴 하지만 일반적으로 주인이 권하기 전에는 앉지 않는 것이 예의이기 때문이다.

"어쩐 일로 오셨습니까?"

"여기는 손님한테 차도 안 내주나?"

자신이 무작정 찾아왔으면서 차부터 내오라는 소태섭을 보면서 노형진은 간단하게 말했다.

"여기는 차는 셀프입니다."

"뭐라고?"

"업무 관련 손님만 내어 드립니다."

"뭐야? 내가 누군지 알고!"

"누구시기는요. 피고죠."

노형진이 말하자 그는 얼굴이 벌게졌다.

"나 소태섭이야! 소태섭! 국회의원이고 네 선배야, 이 새끼야!"

자신의 자리와 먼저 판사였다는 점을 이용하여 우위에 서려고 하는 그를 본 노형진의 입에서 비웃음이 흘러나왔다.

"뭔가 잘못 아시나 본데요? 선배든 국회의원이든 일단 고소당해서 법정에 서게 되면 피고 아닙니까? 그리고 현 상황에서는 전 상대방 변호사고요. 아닌가요?"

"이익……."

노형진의 말이 맞기 때문에 그는 이를 바득바득 갈 뿐, 아무런 말도 하지 못했다.

"그나저나 왜 오신 겁니까?"

"크흠…… 이번 사건 손 떼게."

"네? 손을 떼라니요?"

"말 그대로야. 자네도 자네 나름의 이름이 있지 않나? 이런 사건 같지도 않은 사건 해 봐야 거 얼마나 번다고 그러나? 내가 자네 이름에 걸맞는 큰 사건 하나 가져다줄 테니까 이런 같잖은 사건은 그만두게."

겉으로 보면 노형진을 무척이나 걱정하는 듯한 말이었다. 하지만 노형진이 봤을 때는 그런 생각에서 자신에게 찾아온 게 아니었다. 아니, 사실 뻔할 뻔 자였다.

'자신 있다 이건가?'

다른 변호사라면 그의 입김이나 압력을 이기기 힘들다. 하지만 노형진은 아니다. 소속도 새론이라는 거대 집단인 데다가 실력이 있는 사람이다.

'그러니까 그만두라 이거지.'

대놓고 취하하라는 말을 해 봐야 노형진이 들을 리 없으니 회유하려는 것이다.

"괜찮습니다."

"뭐?"

"별거 아닌 사건인데요, 뭘. 이런 사건은 눈감고 싸워도 제가 이깁니다. 그런 사건에 시간 낭비라고 할 것까지야 있나요. 그냥 싸우면 되는 거지. 그냥 소일거리입니다. 소일거리."

"뭐?"

"이 정도 사건이야 한글만 읽으면 이길 수 있는 건데 뭘 제가 신경이나 쓰겠습니까? 걱정하지 않으셔도 됩니다."

슬쩍 거절하는 듯하면서 소태섭의 속을 박박 긁는 노형진.

한글만 읽어도 이긴다는 건 제대로 수사하지 않는 그를 은 근슬쩍 모욕하는 말이었다. 당연히 소태섭은 발끈할 수밖에 없었다.

"노 변호사."

"네?"

"자네 이러는 거 별로 안 좋아. 모르나?"

"좋더라도 별게 있을 것 같지는 않은데요?"

"지금 우리 정당을 모욕하는 건가?"

노형진은 코웃음이 나왔다. 이건 개인의 비리에 관련된 사건이다. 그런데 정당을 들먹이다니.

'제대로 된 의원도 아닌 주제에.'

3선이나 4선이면 모른다. 그런데 그는 초선이다. 그것도 지역 균형 비례대표로 뽑혀서 들어간 사람이다. 그런 주제에 정당 운운하다니.

"정당을 모욕하다니요. 그럴 리가요. 뭐, 개개인의 범죄로 처벌받는 건 당연한 거 아닌가요? 아니면 국회의원은 법 위에 있다고 생각하시는 건 아니겠지요?"

"뭐야?"

"그리고 전 정치 쪽은 쳐다보지도 않습니다. 지금쯤이면 익히 아실 거라 생각했는데요?"

노형진을 노린 정치인이 한두 명이 아니다. 회귀 전에도 그를 정치 쪽에 넣으려고 한 정치인들은 많았다.

심지어 지금은 더하다. 물론 아직 나이가 어려서 국회의원
이 될 수는 없지만 그가 있다는 것만으로도 엄청난 정치자금
을 얻을 수 있기 때문이다.

하지만 노형진은 선을 명확하게 했다. 정치 쪽에 손대지
않는다는 것을 말이다. 반대로 말하면 정치 쪽에서 들어오는
압력을 무시하겠다는 뜻이기도 했다.

'정치 쪽에 손대서 좋을 건 없다.'

정치 쪽에 손대면 다시 공천받기 위해 정당에 끌려갈 수밖
에 없다. 그렇다면 변호사로서의 공정성을 의심받게 된다.

"그러니까 걱정하지 마셔도 됩니다. 그쪽으로 나갈 생각
은 전혀 없으니까요."

얼굴이 붉으락푸르락해지는 소태섭.

"노 변호사."

"네, 말씀하십시오."

"죽고 싶지? 지금 내가 좋게 말하니까 만만하게 보이지?"

아주 대놓고 협박하는 소태섭. 하지만 혹시나 녹음하고 있
을까 봐 아주 작게 말하는 것도 잊지 않았다.

'지랄한다.'

녹음이 두려워서 작게 말하면서 위협이라니. 노형진은 진
짜 비웃음이 나왔다.

"죽고 싶다라. 어차피 이 싸움 걸면서 의뢰인은 죽을 각오를
하고 덤비고 있습니다. 그런 거 생각해 보지 않으셨나요?"

"뭐?"

"이 소송이 끝나면 그 당시 수사했던 형사와 검사, 판사까지 감방에 가게 될 게 뻔한 일인데 그 상황에서 그 사건의 진범인 석진우 씨는 과연 어떤 취급을 받을까요?"

과연 그가 자수했다고 해서 선처받을까?

애석하게도 경찰이나 검찰, 재판부는 그렇게 착한 집단이 아니다. 자신들의 수사 결과에 이의를 가졌다는 것만으로도 보복할 것이다. 그 수사가 정당한지는 따지지도 않고 말이다.

"그 후에 무슨 일이 벌어질지는 뻔하죠."

아마도 처절하게 보복당할 것이다. 최악의 경우, 그는 살인으로 인해 사형을 선고받을지도 모른다.

"우리가 모르고 있다고 생각하십니까?"

"크흠……."

"그리고 말입니다."

노형진은 소태섭에게 몸을 기울이고는 조용히 입을 열었다.

"내가 진짜 죽을 만큼 싸워 볼까?"

소태섭과 마찬가지로 낮게 말하는 노형진.

하지만 그가 낮게 말하는 건 소태섭이 녹음될까 봐 걱정해서가 아니다. 순수한 목적인 위협을 위한 것이다.

크게 짖는 개는 물지 않는다고 한다. 개가 무서운 순간은 낮게 으르렁거리는 때다. 그리고 노형진은 소태섭에게 낮게 으르렁거리고 있었다.

이것이 법이다

"내가 죽을 만큼 한번 싸우면 무슨 일이 벌어질 것 같아?"

"크흠……."

"내가 지금까지 죽을 만큼 목숨 걸고 싸운 사건이 있었을까? 만일 그렇게 하면 무슨 일이 벌어질 것 같아?"

"……."

위협했던 소태섭은 도리어 등골이 서늘해지면서 똥줄이 타는 느낌을 받았다.

"진짜로 내가 목숨 걸고 싸워 볼까? 응?"

"……."

과연 노형진이 목숨 걸고 싸운 사건이 있을까? 있을 수가 없다. 그래서 언제나 웃으면서 여유롭게 사건을 대했던 것이다.

"내가 과연 목숨 걸고 싸우면 날 이길 자신은 있어?"

노형진의 나지막한 질문.

"……."

하지만 소태섭은 말할 수가 없었다.

비공식적으로 노형진은 우리나라에서 현금만으로는 최고의 부자 반열에 들어 있다. 전 세계에서 성공한 기업들의 엄청난 주식을 쥐고 있고 매년 엄청난 돈이 들어온다.

게다가 국내 굴지의 기업의 주식도 가지고 있다. 추정 재산 1조 이상. 거기에 대룡이라는 기업의 인맥과 수많은 부자들의 인맥까지.

그가 정치권에 손을 내밀지 않는 건 그들에게 흔들리지 않기 위한 것도 있지만 귀찮기도 했기 때문이다.

"한번 내가 목숨 걸고 싸워 줘?"

"……."

만일 노형진이 목숨 걸고 싸운다면 소태섭은 정계에 발붙이기는커녕 한국에서 살 수도 없다.

"선택해. 원하는 대로 해 줄게. 내가 제대로 싸워 줄까?"

"……."

소태섭은 말하지 못했다. 어느 쪽이든 자신의 자존심은 만신창이 되기 때문이다. 물론 노형진은 그냥 보낼 생각이 없었다.

"안 들리는데? 응?"

슬쩍 귀를 그에게 가까이 대는 노형진. 소태섭은 침을 꿀꺽 삼켰다.

"그…… 그냥 해 주게."

"네가 날 언제 만났다고 반말이야? 같은 사회인끼리 반말하면 쓰나."

"그…… 그냥 해 주십시오."

노형진은 웃으면서 다시 의자에 몸을 기대앉았다.

"걱정하지 마세요. 저도 그다지 목숨 걸고 사건에 임하는건 아니니까요."

노형진의 얼굴을 보던 소태섭은 얼굴이 붉으락푸르락해지더니 그대로 박차고 일어났다.

"에잇!"

쾅!

"꺄악!"

제대로 인사도 하지 않고 바깥으로 튀어 나가는 그 때문에 지나가던 직원들이 비명을 지르는 소리가 들렸지만 노형진은 신경 쓰지 않았다.

그리고 그가 사라지자 잠시 후 노형진의 사무실 문에서 사람들이 고개를 빼꼼 내밀었다.

"이봐, 노 변호사, 소태섭이 왔다면서?"

남상주는 걱정스러운 얼굴로 노형진을 바라보았다. 상대방은 국회의원이다. 그러니 좋은 의도로 왔을 리 없다는 걸 알고 있었다.

"그냥 잘 부탁한다고 하고 가던데요?"

"잘 부탁?"

"네, 살살 해 달라고 하던데요?"

노형진의 말에 남상주는 멍하니 소태섭이 나간 쪽을 멍하니 바라보았다. 그리고 어깨를 으쓱했다.

"하긴 받아들이는 것 나름이니."

남상주 역시 그가 그냥 온 게 아니라는 걸 알고 있었다. 남상주의 경험상 국회의원쯤 되는 사람이 찾아오는 건 압력을 행사하러 왔다는 뜻이다. 그것도 당사자라면 더더욱. 그런데 살살이라니.

남상주는 피식 웃으면서 노형진에게 물어봤다.

"그래서 살살 해 줄 거야?"

"그러려구요."

"진짜?"

"네, 다만."

"다만?"

"제 '살살'은 저들 기준하고는 좀 다를 거예요. 이런 말이 있죠. 사람이 장난삼아 던진 돌에 개구리는 맞아 죽는다."

"뭐? 개구리?"

그 말을 들은 남상주는 갑자기 웃기 시작했다.

"하하…… 그래. 맞네, 맞아. 개구리. 참 불쌍한 개구리네."

"그렇지요. 하하하."

노형진은 방금 그가 나간 방향을 바라보면서 미소를 지었다.

"가끔은 개구리 신세가 뭔지 알아야 되는 사람도 있고 말이지요."

산 자는 말할 수 있다

　－야! 거기 아니잖아! 뒤로 돌아가야지!

　－저…… 저, 뒤는 잘 몰라요.

　－콱! 이 새끼가! 가라면 가란 말이야!

　－악!

　수갑을 찬 두 아이가 형사의 발길질에 바닥을 나뒹굴었다.

　－경찰 아저씨, 잘못했어요. 다시는 안 그럴게요.

　－병신 새끼들아, 너희가 그렇게 병신 짓을 하고 다니니까 병신 소

리를 듣는 거야.

　－엉엉엉.

－잘 들어. 여기는 영화를 찍는다고 생각해. 너희는 배우고 난 감
독이야. 알겠냐?

　－네…… 흑흑흑.

　－그러니까 배우는 감독 말을 잘 들어야지.

　－흑흑흑.

　－이 새끼들아, 질질 짜지 말고 시키는 대로 하라고!

　경찰들은 그들을 무자비하게 폭행했다. 두 아이들은 눈물
을 흘리면서 그들이 시키는 대로 했다.

　－아오, 병신 새끼들아! 똑바로 안 해? 여기서는 네가 아니라 네가
노인네 뒤통수를 쳐야지!

　－해 본 적 없어요…… 엉엉.

　－해 본 적이 왜 없어! 우리가 해 본 적이 있다면 있는 거야! 아오,
모자란 병신 새끼들.

　－진짜예요. 해 본 적 없어요.

　－이 새끼야, 너 다시 코로 라면 국물 처먹고 싶어? 누가 그런 소
리 하라고 했어!

　－아…… 아니에요. 아니에요.

　－이 새끼들아, 너 다른 사람 앞에서 그런 소리 하지 말라고 했지.
이 씹 새끼가 뒈지려고. 안 되겠다. 지난번에 맞은 게 부족한 것 같
은데 다시 맞고 시작하자. 이런 병신 같은 새끼들.

이것이 법이다

−악!

자신들의 말대로 안 되자 두 아이를 때리면서 열불을 내는 경찰. 그 뒤에 있던 다른 경찰은 낄낄거렸다.

−이봐, 김 형사. 그 애들 병신이잖아. 병신을 병신이라고 부르는 건 욕이 아니지.
−아, 맞다. 병신이야. 아오, 씨발. 내가 병신들을 데리고 뭐하는 짓인지. 하필 왜 이런 새끼들을 골랐어요?
−불쌍한 병신들이 인생 구제라도 해 주려고 그랬지. 껄껄.

김 형사라 불린 남자가 길길이 날뛰자 카메라를 들고 있던 사람이 피식 웃으면서 한마디 했다.

−거참, 저 애들은 배우는 못하겠구만. 껄껄껄.

노형진은 그 동영상이 끝나고 난 후에 고개를 돌려서 서강식을 바라보았다. 그 당시 사건을 맡은 형사인 사람이었다.
"그래서 서강식 형사, 아니 부서장님, 이거 보고 하실 말씀 없으십니까?"
"그…… 그걸 어떻게……."
서강식은 동영상을 보면서 얼굴이 시퍼렇게 변했다.

"재판장님! 저 증거는 불법으로 얻은 것입니다! 증거 능력이 없습니다!"

이길차는 애써 사건을 수습하기 위해 막으려고 했지만 판사의 눈은 이미 동영상으로 향해 있었다.

"불법으로 얻었다는 증거 있습니까?"

"뭐요?"

"내부 고발자분께서 주신 거 맞습니다. 그런데 우리나라에서는 내부 고발자에 대한 보호가 법으로 정해져 있습니다. 그런데 어째서 불법이라는 거죠?"

"그…… 그건…….."

"그리고 불법으로 모은 증거가 효력을 발휘하지 못하는 것은 원고가 경찰이나 검찰 등 공권력일 때입니다. 이건 합법적으로 내부 고발자가 준 겁니다. 불법이 아니죠."

"이익…….."

이길차는 더 이상 말하지 못하고 무서운 눈으로 서강식을 바라보았다. 자신에게 이런 걸 보여 줬다면 그 당시 그렇게 일을 하지 않았을 텐데 말이다.

"다시 한 번 묻겠습니다. 증인, 증인은 이 당시 일에 대해 어떻게 생각하십니까?"

"그건…….."

서강식은 어떻게든 상황을 벗어나기 위해 노력했다. 하지만 동영상이 있으니 고문했다는 것을 부정할 수가 없게 되었다.

"증인, 대답하세요."

판사는 심각한 얼굴로 서강식을 바라보았다. 처음에는 무슨 병신 같은 재판인가 하는 생각에 짜증이 났지만 하다 보니 이건 평범한 재판이 아니었다.

"그…… 그러니까……."

서강식은 한참 고민하다가 간신히 입을 열었다.

"저 사건 당시에 저는 없었습니다."

"네?"

"확실히 동영상에는 고문이나 폭행이 있습니다만 전 그 당시에 저 자리에 없었습니다."

그는 뭔가 생각난 듯 재빠르게 변명했다.

'그러고 보니 난 저기 없잖아?'

물론 없지 않았다. 확실히 있었다. 그 당시 책임자인데 없었을 리 없다. 하지만 확실한 건 저 동영상에서 자신의 모습은 보이지 않는다는 점이었다.

"그렇습니까?"

"그렇습니다. 전 그 당시 다른 사건으로 인해 외근 중이었기 때문에 저 자리에 없었습니다."

그는 책임을 벗어나려고 거짓말을 했다. 하지만 노형진이 그런 그의 생각을 모를 리 없다.

"맹세합니까?"

"맹세합니다."

"그래요? 이상하군요."

"뭐가 말입니까?"

"재판장님, 이 동영상의 분석 기록을 증거로 제출합니다."

"분석 기록?"

이건 딱히 분석할 필요도 없는 빼도 박도 못할 확실한 증거다. 그런데 분석 기록이라니?

노형진이 내는 기록을 받은 판사는 고개를 갸웃하면서 그걸 받았지만 내용을 살펴보고 나니 이유를 알 것 같았다.

"이 동영상 내부에 나온 음성에 대한 분석 기록입니다."

음성이라는 말에 서강식은 사색이 되었다. 그가 그렇든 말든 노형진은 담담하게 입을 열었다.

"이 기록에 따르면 녹화 내내 카메라를 들고 있는 사람의 모습은 드러나지 않았습니다만 수차례에 걸쳐서 그 목소리가 녹음되었습니다. 그리고 그 녹음 내역과 증인인 서강식의 현 목소리를 비교하면 일치율이 80% 정도 됩니다."

"목소리가 비슷한 사람은 많습니다!"

이길차 변호사는 재빨리 말을 잘랐다. 하지만 그 정도 반격을 생각하지 못할 노형진이 아니었다.

"확실히 그렇지요. 비슷한 목소리를 가진 사람은 많습니다. 하지만 이 시절 서강식의 나이를 생각해 보면 말입니다, 목소리가 변할 수도 있습니다. 훨씬 젊을 때 있었던 일이니까요. 그 나이까지 감안하면 일치할 확률이 97%까지 올라갑니다. 그런데 현상 감식에 관계자로 참가하면서 일치 확률이 97%인 사람이 있을 수 있을까요? 그것도 비밀리에 새벽 5시에 이루어진 현장검증에?"

"……."

있을 리 없다. 말을 잃은 사람들. 하지만 노형진이 준비한 것은 그것만이 아니었다.

"그리고 이걸 봐 주십시오."

그는 화면을 돌려서 특정 장면에서 멈췄다.

"이 장면은 건물의 앞에서 찍은 겁니다. 피고 측이 범인이라 주장하는 두 사람이 입구로 들어가는 장면이죠."

"그래서요?"

"이 장면에서 이 부분을 봐 주십시오."

노형진은 특정 위치를 가리켰다. 그곳에는 뭔지 모를 일그러진 형상이 있었다.

"저건?"

"그 가게 앞에 있던 차량용 미러입니다."

차량용 미러라는 말에 고개를 갸웃하는 사람들. 차량용 미러는 쉽게 말해 코너에서 다른 차가 나오는지 확인하기 위해 삼거리 같은 곳에 설치하는 물건이다.

"그리고 이곳에는 동영상을 촬영하는 사람의 모습이 찍혀 있지요."

"하지만 그건 알아볼 수 없지 않습니까!"

이길차는 애써 변명했다. 하지만 내심 일이 글러 먹고 있다는 걸 알고 있었다.

'망할…… . 저 녀석이 그냥 꺼낼 리 없는데.'

노형진이 아무런 생각 없이 저런 의미 없는 장면을 꺼낼리 없었기에 그는 심장이 쫄깃해지는 느낌이었다. 아니나 다를까.

"현대의 광학 기술은 과거와는 다릅니다. 왜곡된 물체의 굴절율만 알면 그걸 복원해서 원래의 형태를 알아낼 수 있지요. 그리고 이 사진이 그 형태를 복원해 낸 사진입니다."

"……!"

노형진이 꺼낸 사전을 받은 서강식의 얼굴에는 절망이 서리기 시작했다. 그 안에는 아무리 봐도 카메라를 들고 낄낄거리는 자신의 모습이 찍혀 있었던 것이다.

"즉, 증인은 영상 속에 모습이 없다고 그곳에 없었던 게 아니라 카메라를 들고 촬영하던 사람이었던 것입니다. 아닙니까, 증인?"

"아닙니다."

애써 부정하는 그였지만 그의 목소리에는 힘이 없었다. 아무리 말해도 사실을 믿어 줄 리 없다는 것쯤은 그도 알고 있었던 것이다.

"결과적으로 이 사건은 고문으로 인해 전혀 엉뚱한 두 사람이 감옥으로 끌려갔고 그 때문에 원고가 감옥에 가지 못해 그 안에서 공짜로 해결할 수 있는 숙식을 일하면서 힘들게 해결하는 사태가 벌어졌습니다. 그러니 그 당시 수사를 진행했던 사람들이 책임지는 게 맞다고 생각합니다."

"……."

워낙 확실한 증거들이라서 판사는 다른 판단을 할 수도 없었다. 서강식과 이길차는 완전히 절망적인 얼굴이었다.

"음……."

그런데 판사의 표정은 좋지 못했다.

"새로운 증거를 조사하고 피고 측이 그 변론에 대해 반박할 시간을 주기 위해서 다시 변론 기일을 잡겠습니다."

노형진은 고개를 갸웃했다.

'이상한데?'

물론 합당한 이유다. 새로운 증거가 나오면 당연히 가져야 하는 과정이기는 하다. 하지만 그의 말에서 느껴지는 느낌은 뭔지 모를 안타까움, 짜증, 곤란함이었다.

'흠…….'

노형진은 심각한 얼굴이 되어 그를 바라보았다.

"노 변호사, 어떻게 생각해?"

경험이 많은 남상주 변호사 역시 뭔가를 느끼고 노형진에게 물었다.

"뭔가 있어 보이는군요."

"그렇지?"

"네, 일단은 좀 알아봐야겠습니다."

"하지만 우리가 만나 달라고 해도 만나 줄까? 엄밀하게 말하면 재판 중에 판사와 접촉하는 건 위법이라고."

"그렇기는 하지만 그거 지키는 사람이 얼마나 됩니까?"

"쩝……."

아이러니하게도 그런 법을 잘 지킬수록 재판에서 질 수밖에 없다.

"그래도 대놓고 접촉하는 건 힘들겠지요."

"그럼 따로 몰래 접촉할 방법이 있나?"

"네, 그 부분은 제가 알아서 하지요."

노형진의 말에 남상주는 고개를 끄덕거렸다.

"그럼 부탁하네. 난 다른 사람들을 챙기도록 하지."

"네."

노형진은 그렇게 대답하면서 물끄러미 판사를 바라보았다.

⚖

"뭐하십니까?"

"네?"

"거기 들어가면 안 됩니다."

"하하하."

노형진은 자신을 바라보는 법원 경비를 보면서 어색하게

웃었다.

'하필이면.'

재판이 없을 때 슬쩍 들어와서 확인하려고 했는데 하필 그때 딱 경비가 들어올 줄이야.

"변호사입니다. 그냥 옛날 생각이 나서요."

"변호사?"

"네."

노형진은 법원 경비에게 자신의 변호사 자격증을 보여 줬다.

"판사 하다가 나가신 분은 아닌 것 같은데."

"에이, 그럴 리가요. 전에 판사 할 기회가 있었는데 변호사로 나갔거든요."

"흠……."

"그래서 그 선택을 후회하는 중이죠. 하하하."

노형진은 웃으면서 슬쩍 판사석의 의자에 손을 올렸다. 딱히 이상한 일도, 재판이 없는 판사석에 중요한 증거가 있는 것도 아니었다.

'더군다나 뭐, 이상한 사람도 아니고.'

폭탄 같은 걸 설치했다고 보기에는 변호사라는 직업상 그럴 이유가 없었다.

"옛날 생각 하는 건 좋은데 빨리 나가세요."

"네, 죄송합니다. 금방 나갈게요."

노형진은 그렇게 말하면서 의자에서 기억을 읽기 위해 노력했다. 다행히 법원 경비가 별 의심을 하지 않고 바깥으로 나간 덕분에 수월하게 기억을 읽을 수 있었다.

"이럴 줄 알았지."

노형진은 기억 속에서 한 가지 장면을 떠올릴 수 있었다. 판사의 사무실로 온 전화와 그 너머에서 들리는 목소리, 그의 부탁, 아니 강압적인 압력.

"판사가 짜증 낼 만하네. 나도 짜증이 나고 말이야."

전화를 건 사람은 다름 아닌 소태섭 의원이었다. 노형진에게 압력이 들어가지 않으니 다른 길을 찾은 것이다.

"그 녀석이 쉽게 포기할 리 없지."

소태섭은 노형진이 아닌 판사에게 전화를 건 것이다. 노형진에게 압력이 먹히지 않자 대상을 바꾼 것이다.

"그렇게 나온단 말이지."

사실 이게 통과되고 제대로 판단한다고 해도 다른 사람은 몰라도 재판을 잘못했다고 판사를 처벌하는 법은 없는 데다가 기껏해야 뇌물 수수 정도인데 이건 자신들이 귀찮아서 안 한 거지, 뇌물이 왔다 갔다 한 것이 아니기 때문이다. 하지만 그가 이렇게 압력을 가하는 건 단 하나 때문이다. 공천.

"권력 맛을 보면 절대 다시 못 돌아간다더니."

그는 비례대표로 국회의원이 된 사람이다. 그런데 비례대표는 국민의 의견과 상관없이 정당 지지도로 뽑는다. 즉, 그가 비리를 저지르든 말든 선발된다. 당연히 그곳에 지원하는 사람들은 많다. 정당의 입장에서는 쓸데없이 구설수에 오른 사람을 비례대표로 올릴 리 없다.

"그 자리는 못 놓겠다 이건가."

노형진은 한숨을 쉬면서 그곳을 나왔다.

"안녕히 계십시오."

노형진이 나오자 법원 경비는 잠시 그를 바라보다가 안쪽으로 들어갔다. 혹시나 폭탄이나 그런 게 있을까 봐 확인하기 위해서였다. 물론 그런 게 있을 리 없지만.

"하여간……."

노형진은 그런 그를 뒤로하고 나와 하늘을 보면서 얼굴을 찡그렸다.

"꼭 최선을 다하게 만드는 새끼들이 있어요. 뭐, 선택 사항이 있겠어. 죽여 달라면 죽여 주는 수밖에."

그렇게 노형진은 소태섭의 미래를 결정해 버렸다.

⚖

"소 의원님, 이번 사건은 무리입니다."

판사는 소태섭의 전화에 짜증을 내지도 못하고 어떻게 해서든 말해 보려고 했다. 하지만 소태섭은 말을 들어 처먹을 인간이 아니었다.

"이봐, 최 판사. 내 말이 장난으로 들려?"

"장난이 아니라 워낙 불리한 증거가 많아서 사건을 뒤집을 수가 없단 말입니다."

"그러니까 말하잖아!"

"소태섭 의원님!"

"자네, 얼마 후에 승진 남았지? 안 그래? 평판사로 나오면 제대로 된 전관도 못 받는 거 알지?"

"끄응……."

최 판사는 속으로 속이 터지는 기분이었다. 그의 말이 맞기 때문이다. 얼마 후면 승진의 시기다. 만일 승진하지 못하면 재수 없으면 평판사로 나가야 하는데 평판사는 전관 대우를 제대로 받지 못한다.

"그러니까 내가 힘써 준다고 하잖아."

"……."

최 판사는 저 힘써 준다는 말이 자신이 승진할 수 있게 도와준다는 말이 아니라는 것은 알고 있었다. 정확하게는 방해는 안 한다는 뜻이다.

'망할. 어쩌다가.'

어쩌다 이런 사건을 담당하게 된 건지 그는 자신의 불운을 후회했다.

'아니…… 불운이 아닐지도.'

그는 이 지역 출신이 아니다. 다른 곳에서 온 사람이고 소위 말하는 이 지역 세력에 편입된 사람이 아니다.

'망할…… 다들 알고 있었다는 뜻 아냐?'

아마 이 지역 출신 판사들은 이번 사건을 담당했던 소태섭의 존재에 대해 알고 있어 거절했을 테니 외부에서 들어온 자신에게 떠넘겼을 것이다.

"망할…….."

"지금 뭐라고 했나?"

"아닙니다…….."

"하여간 내가 확실하게 챙겨 줄 테니까 이번 사건 잘 수습해."

부탁이 아닌 명령조로 말하고는 탁 끊기는 전화. 그걸 들은 최 판사는 얼굴을 찌푸렸다.

"끄응, 나보고 어쩌라는 거야."

그가 그렇게 걱정스러운 전화기를 바라볼 때였다.

"판사님."

"응?"

"손님이 오셨는데요."

"손님?"

"네."

"누군데요?"

"노형진 변호사라고."

최 판사는 얼굴을 찌푸렸다. 하필 이 순간에 노형진이라니.

"안 만난다고 하세요."

원래 판사가 변호사를 만나면 안 된다. 그런데 자신을 찾아오다니.

"소 의원님 문제라고 하면 아실 거라고 하시던데요?"

"소 의원?"

직원은 모르겠지만 최 판사는 잠시 고민하다가 고개를 끄덕거렸다.

"들어오라고 하세요."

잠시 후, 노형진이 들어와서 최 판사에게 고개를 숙여 인사했다.

"반갑습니다. 노형진입니다."

"뭐, 내 소개는 하지 않아도 알 테고. 변호사가 날 찾아오는 거, 불법인 건 알죠?"

"하지만 소태섭 의원이 압력을 행사하는 것도 불법이지요."

"끄응……."

최 판사는 얼굴을 찌푸렸다. 설마 노형진이 알고 있을 거라고는 생각하지 못했던 것이다.

"어떻게 아신 겁니까?"

"예상하지 못하면 그게 이상한 거죠. 상대방이 국회의원인데."

"끙……."

물론 어떻게 보면 말도 안 되는 소리다. 국회의원이라고 다 압력을 넣는 건 아니다. 하지만 그것만으로도 수긍할 만큼 국회의원이라는 존재에 대한 믿음은 개판이었다.

"그래서 찾아오신 겁니까?"

"네."

"알고 오셨으니 부정하지는 않겠습니다."

노형진의 말에 최 판사는 고개를 끄덕거렸다.

"그럼 그 말씀 하러 오신 건 아닐 테고. 왜 오신 겁니까? 설마 그쪽도 청탁이라도 하시려는 겁니까?"

그 노형진은 고개를 흔들었다.

"사건이 우리 쪽에 압도적으로 유리한테 청탁할 이유가 있겠습니까?"

"그럼? 왜 온 겁니까?"

"확인하러 온 겁니다."

"확인이라니요?"

"의심은 가지만 그가 진짜로 압력을 행사했는지는 확실하게 알아야 하니까요."

물론 노형진은 소태섭이 압력을 행사한 것을 알고 있었다. 그럼에도 불구하고 여기에 다시 온 것은 경고해 주기 위해서였다.

"그럼?"

"그쪽에서 힘쓴다면 저 역시도 힘써야지요."

"그게 무슨 말입니까?"

"압력을 넣을 수 있는 힘이 그에게만 있다고 생각하십니까?"

"음……."

노형진의 말에 최 판사는 신음성을 흘렸다.

물론 그는 노형진이 얼마나 큰 힘을 가지고 있는지 모른다. 노형진이 주변에 소문을 내고 다니는 것도 아니니 노형진에 대해서 알아본 몇몇 사람들만이 아는 탓이다.

그래서 노형진이 한 말이 한편으로는 좀 어이없게 들리기도 했다.

"그는 현직 국회의원입니다."

"그래서요?"

"그라서라니요? 최소한 이 동네에서는 누구 못지않은 힘을 자랑한단 말입니다."

"압니다. 하지만 이 동네에서는 그런 거지요."

"네?"

"판결을 조금만 미뤄 주셨으면 합니다."

"그럼요?"

"아마 그러면 소태섭의 새로운 신분에 대해 아시게 될 겁니다. 후후후."

노형진은 소태섭의 미래를 결정하면서 미소를 지었다.

⚖

"커흠."

다음 날, 소태섭은 목에 힘주면서 의원실로 들어가려고 했다. 하지만 그가 도착하기를 기다리던 사람들이 그를 가로막았다.

"의원님, 대표님이 부르십니다."

"뭐?"

다짜고짜 자신을 대표님이 무른다면서 끌고 가는 사람들.

그는 고개를 갸웃했지만 일단 대표가 부른다고 하니 그들을 따라 안으로 들어갔다. 그러자 그곳에서 심각한 얼굴의 대표를 만날 수 있었다.

"대표님, 무슨 일로 부르셨습니까?"

대표는 들어온 그를 무심하면서도 짜증스러운 얼굴로 바라보았고 소태섭은 그제야 뭐가 일이 잘못되었다는 걸 알아차렸다.

"소 의원, 나한테 할 말 없습니까?"

"네?"

"할 말 말입니다."

"무슨 말씀이신지?"

"대룡에서 안 좋은 소식이 들리던데요?"

"네?"

대룡이라는 말에 일이 글러 먹었다는 생각을 하는 소태섭이었다.

'씨발…… 어떻게 알았지?'

지금 상황에서 대룡이라는 존재가 끼어들 여지는 단 한 곳 뿐이기 때문이다.

"그…… 글쎄요……. 저도 잘…….."

"잘 모른다고요?"

"네."

"그런데 왜 대룡에서 소 의원한테 물어보면 알 거라는 식으로 말할까요?"

"……."

모든 기업들이 그렇듯이 대기업들은 상당한 금액의 정치 자금을 낸다.

물론 기본적으로 대기업들보다는 정치인들이 위쪽인 경우가 보통이지만 그건 그 정치인이 3선 의원 이상인 경우에나 그렇지, 근본도 없는 초선 출신, 그것도 비례대표와는 비교도 할 수 없다.

"그…… 그게 오해라고 생각합니다."

소태섭은 사색이 되어서 변명했다. 하지만 그가 생각하지 못한 것이 하나 있었다.

"소 의원."

"네?"

"나도 판사 출신입니다."

'망했다.'

대표도 판사 출신이다. 그가 원하면 관련 정보를 못 얻을 리 없다.

아니, 그의 그동안의 행동을 봐서는 이미 알아봤을 가능성이 높다. 그는 뭔가를 따질 때 절대로 소문만으로 따지는 사람이 아니다.

"얼토당토않는 짓을 하셨더군요."

"아니…… 그때는 좀…… 바빠서 말입니다."

"도대체 얼마나 바빠서 그랬는지 모르겠군요."

"……."

그때는 솔직히 정치 쪽으로 나가기 위해 사방에 줄을 대느라고 뭘 제대로 할 수가 없었다. 그래서 그 당시 판결도 대충 내린 것이다.

물론 증거 따위는 보지도 않았다.

"그런데 이제 와서 오해라고요?"

"오…… 오해입니다, 대표님."

"그리고 그 오해는 풀 생각이 없고요?"

"그…… 그게……."

"알겠습니다."

"저기, 대표님, 한 번만 기회를 주시면……."

"기회요? 기회를 얼마나 더 드립니까?"

그는 사색이 되었다.

기본적으로 비례대표에게 주어지는 기회는 한 번뿐이다.

"알겠습니다. 나가 보세요."

"대표님……."

"나가 보래도요."

소태섭은 고개를 푹 숙이고 바깥으로 나갔다.

"망할. 이 새끼가. 진짜 막 나가자 이거지."

그는 노형진에게 분노가 치밀었다.

막말로 이 바닥에서 대룡과 노형진과의 관계를 모르는 사람이 어디 있단 말인가?

그는 자신의 모든 힘을 다해 노형진을 밀어 버리기로 했다.

"어, 김 검사, 난데. 털어 줘야 할 놈이 있어. 누구냐면……."

그는 자신과 친했던 김 검사에게 부탁하면서 자신의 의원 사무실로 들어가기 위해서 코너를 돌았다.

그러나 다음 순간 말을 못 하고 멈출 수밖에 없었다.

"누굴 털어야 한다는 거죠?"

"지금 그건 보복하시겠다는 뜻인가요?"

"수사 중인 사건에 대해 보복하시는 건가요?"

갑자기 코너에서 그에게 들이밀리는 수많은 카메라들과 마이크들. 그는 당황해서 주춤주춤 뒤로 물러났다.

"뭐…… 뭡니까?"

"○○일보에서 나왔습니다. 방금 털어 달라고 하신 게 보복을 의미한 것 같은데 맞습니다."

'이런 쌰앙…….'

그는 말을 못 하고 시선을 주변에 돌렸다.

코너 너머에서는 계속해서 사람들이 나오고 있었다. 그런데 하나같이 카메라를 들고 있었다.

"도대체 왜 여기 있는 겁니까?"

"의원님이 압력을 행사한 것에 대해서는 하실 말씀이 없나요?"

"압력 행사라니요?"

"범죄자를 풀어 주라면서 압력을 행사하지 않으셨나요?"

"무슨 소리요! 난 정정당당합니다!"

그는 호기롭게 외쳤다.

하지만 누군가 내민 녹음기에서 난 소리에 얼굴이 와락 일그러졌다.

—어, 나야. 소태섭 의원. 이번에 사건 하나 무마해 줘야겠는데. 강간 사건. 어렵지 않지? 그쪽에서 큰 거 한 장 준대. 뭐, 1천만? 내가 까짓 푼돈으로 움직이는 사람인가? 1억이야. 1억. 어, 절반 줄 테니까 사건 번호가······.

"······."

"이거 말고도 증거가 여러 개 나왔는데요."

"더 하실 말씀이 있습니까?"

"크흠······ 없습니다. 이건 조작입니다. 음모예요!"

그는 사람들을 박차고 나갔지만 도무지 벗어날 수가 없었다.

"의원님!"

"의원님, 한 말씀 해 주세요!"

사람들을 헤치면서 어찌어찌 사람들을 뚫고 들어간 그는

들어가자마자 소리를 버럭 질렀다.

"야! 박 기사, 어디 있어!"

"네?"

안 그래도 뒤숭숭한 분위기에 일이 잘못되었다고 생각하고 있던 비서는 움찔했다.

"네?"

"박 기사, 어디 있냐고!"

"그…… 글쎄요. 저도 잘…….."

"뭐?"

"의원님이 나가시자마자 바로 나갔습니다."

"이…… 이 새끼가!"

자신이 했던 말은 모두 자동차 안에서 한 말이었다. 그 말인즉슨 범인은 박 기사뿐이라는 뜻이다.

상식적으로 움직이는 차 안에서 추적하면서 이렇게 깨끗하고 녹음하는 것은 불가능에 가깝다. 결국 누군가 배신했다는 것인데 운전하는 자동차 안에서 녹음할 수 있는 사람이 누가 있겠는가?

"이 새끼, 잡아 와!"

그가 길길이 날뛰고 있을 때였다.

"의원님."

"뭐야!"

"전화입니다."

"이 상황에 전화가 오는 게 이상해!"

안 그래도 사방에서 오는 전화 때문에 전화기를 꺼 두거나 내려 둔 상태였다.

"제 개인 전화로 왔습니다."

"개인 전화?"

"네."

그는 움찔했다.

주변에서 변호사의 개인 전화를 아는 사람이 있을 리 없거니와 그 사람이 자신을 찾을 리는 더더욱 없을 테니까.

"누구라는데?"

"노형진이라는 사람이라는데요"

그 말이 끝나기 무섭게 전화기를 낚아채는 소태섭.

"이 새끼야!"

그는 전화기에 대고 소리를 질렀지만 노형진은 그저 비웃음으로 그를 대할 뿐이었다.

—제가 장난치지 말라고 했을 텐데요?

"이 씹 새끼야! 죽고 싶어! 엉! 죽고 싶냐고! 내가 누군지 알고 이러는 거야!"

—압니다. 그리고 그때 제가 경고해 드렸을 텐데요? 그리고 그때 살살 해 달라고 비셨잖습니까?

맞다. 그리고 나중에 판사에게 압력을 행사한 것이다.

—저는 뒤통수치는 사람 별로 안 좋아합니다.

"뭐라고, 이 새끼야!"

소태섭은 길길이 날뛰고 있었지만 그로서는 할 수 있는 게 없었다.

'젠장, 큰일 났다.'

그가 국회의원이 되기 위해 쓴 돈은 적지 않다.

당연히 본전을 뽑아야 한다는 생각에 무리해서 여기저기서 돈을 받았다. 그런데 그 모든 걸 아는 것이 운전기사였다.

-그러니까 적당히 하셨어야지요.

소태섭의 운전기사는 부모님이 암으로 고생 중이었다. 그런데 소태섭은 그에게 돈을 더 주기는커녕 250만 원의 월급 중 50만 원을 정치 후원금으로 내도록 강제했다. 당장 운전 말고는 기술이 없는 그로서는 울며 겨자 먹기로 그걸 낼 수밖에 없었고 말이다.

"네가 그러고도 무사할 줄 알아!"

길길이 날뛰는 소태섭의 말에 노형진은 한마디로 모든 것을 정리했다.

-그 말 그대로 돌려 드리지요.

"뭐?"

-아마 지금쯤 손님이 도착하셨을 테니까요.

"손님?"

-후후후, 수고하세요.

노형진이 전화를 끊어 버리자 있는 힘껏 전화기를 내던져서 박살 내는 소태섭.

"으아아아!"

비서는 자신의 전화기가 부서지는 모습에 움찔했지만 분노에 미쳐 가는 소태섭의 모습에 뭐라고 할 수가 없었다.

그때였다.

"소태섭 의원."

문을 열고 들어오는 남자들.

다른 기자들은 안으로 들어오지 못하는데 그들은 당당하게 열고 들어오는 것을 본 소태섭은 이를 빠드득 갈았다.

"뭐야, 이 새끼들아! 인터뷰 안 해!"

하지만 그들은 코웃음을 치면서 뭔가를 내밀었다.

"인터뷰는 필요 없고 중수부에서 나왔습니다."

"중수부?"

소태섭은 사색이 되었다.

중수부는 권력자들에게는 공포 그 자체다.

애초에 대검찰청 중앙수사본부, 줄여서 중수부는 그런 권력자나 공직자를 감시하기 위해 만들어진 집단이 아니던가?

'그러고 보니……'

잊고 있었다. 노형진이 그쪽으로도 인맥이 있었음을.

그저 그가 사용하지 않을 뿐이라는 것을 말이다.

"그러면 가실까요? 여러 검사님들이 기다리고 계십니다."

자신에게 들이밀리는 체포 영장에 그는 소태섭은 털썩 주저앉을 수밖에 없었다.

$$\maltese$$

피곤한 듯 완전히 변해 버린 모습.

그리고 하루하루 말라 가는 몸뚱이.

석진우는 그런 몸뚱이를 지탱하고 침대 위에서 자신에게 온 편지를 바라보고 있었다.

발신처는 법원.

"결국 졌군요."

"애초에 질 수밖에 없는 싸움이었습니다. 하지만 우리 목적은 승리가 아니었으니까요."

노형진은 하루하루 죽어 가는 그를 보면서 말했다.

"졌지만 이긴 겁니다."

"졌지만 이겼다……."

판결문은 간단했다. 하지만 그 내용은 무거웠다.

해당 사건에 전반에 걸쳐 부정과 고문, 폭행 등이 개입되어 사건 자체에 대한 수사가 제대로 이루어지지 않은 점은 인정되며, 또한 그 과정에서 다른 2차 피해자를 감옥에 넣은 것도 인정되나 인간에게 있어서 최고의 가치는 자유라 할 것이며 그 자유를 얻은 대신에 범죄자로서 생계를 보장받는 것은 손해라 말할 수 없어 사건을 기각한다.

패소.

사실 이걸 인정할 리 없다는 것쯤은 알고 있었다.

"하지만 원하시는 대로 되었습니다. 사건은 대중에 공개되었고 사건은 재수사 중입니다. 남상주 변호사님이 이번 사건을 담당해서 그 아이들의 변론을 하고 있습니다. 조만간 나올 겁니다."

"그렇군요. 다행입니다."

석진우는 부들부들 떨리는 손을 내려놓으면서 노형진을 바라보았다.

"알고 계셨습니까?"

"네."

"언제부터 아셨는지요?"

"좀 되었습니다."

석진우는 힘겹게 고개를 돌려서 창 바깥을 바라보았다.

"죄송합니다. 제가 할 수 있는 게 이것뿐이었습니다."

그는 암이었다. 천천히 죽어 가는 암. 더 이상 그를 구할 방법은 없었다.

'그러고 보니 미래에 드러나는 것도 이 사람이 유언장으로 언론에 알린 거였지?'

물론 그 유언장은 철저하게 무시되었다. 단지 몇몇 기자들이 집요하게 캐면서 사건이 드러났을 뿐이다.

하지만 바뀐 건 없었다. 남은 건 유언장뿐이었기 때문이다.

'하지만 이번에는 다르다.'

당사자가 살아 있고 재판에서도 이겼다. 아마 두 아이들은 부족하지만 어느 정도 금전적 배상을 받을 수 있을 것이다. 하지만 문제가 없는 건 아니었다.

"더 이상 치료받으실 생각이 없습니까?"

석진우는 힘겹게 웃었다.

"제가 한 잘못입니다. 모든 걸 다 짊어지고 가야지요."

"……."

"그리고 많은 분들에게는 사죄했습니다만…… 아직 사죄하지 못한 분이 한 분 계십니다."

자신의 손에 죽은 노인. 그는 여전히 가슴속에 죄책감을 가지고 있었다. 어쩌면 그래서 암에 걸린 것일지도 모른다.

"같은 하늘로 갈 수 있을지 모르겠습니다만…… 아주 잠깐이라도 스쳐 지나갈 수 있다면 그분에게 사죄하고 싶습니다."

노형진은 눈을 감고 고개를 끄덕거렸다. 이제 더 이상 할 수 있는 일이 없다.

"노 변호사님…… 감사합니다."

그는 며칠 사이에 뼈만 남은 손을 노형진의 두 손을 잡았다.

"제 짐을 덜어 주셨습니다."

"아닙니다."

노형진은 그의 두 손을 따뜻하게 잡았다.

'모두가 이랬으면 좋으련만.'

하지만 현실에서는 반성하는 사람보다 버티는 사람이 더 많다는 게 왠지 슬퍼지는 노형진이었다.

⚖️

며칠 뒤, 그의 장례식이 치러졌다. 평생을 가족에게 버림받은 채로 도망 다닌 사람이다 보니 그를 받아 줄 사람도, 그 시체를 수령하려는 사람도 없었기에 노형진과 남상주 단둘이서 그의 마지막을 보내야 했다.

"왠지 씁쓸하군."

"그런가요?"

"그래, 최후의 순간이 사람을 이렇게 바꾸다니."

마지막 순간에 그가 아니었다면 아마 두 아이는 역사대로 감옥에서 남은 세월을 보냈을 것이다. 당연히 배상도 없었을 테고 말이다.

"사건 준비는 잘되어 가십니까?"

"잘되어 가네. 어차피 증거야 넘치니까."

한번 법원에 깨진 증거들이니 더 이상 싸울 필요조차 없을 만큼 증거는 넘쳤다. 남은 것은 국가로부터 얼마나 배상금을 받아 낼 수 있느냐라는 것.

"이 사건뿐일까."

노형진은 한숨만 나오는 기분이 되었다.

"그럴 리 없지요."

애석하게도 노형진이 기억하는 경찰과 검찰의 부정부패 사건만 해도 수백 건이다. 그중에는 단순히 뇌물을 넘어서 진짜로 가짜 범인을 만들거나 심지어 가해자와 피해자들을 바꾼 사건도 많았다.

"한번 해 보고 싶네."

"네?"

남상주의 말에 노형진은 갸웃했다.

"모두 하나씩 전문적인 영역을 개척하고 있지 않나."

"그렇지요."

"난 이쪽으로 가 볼까 하네. 더 이상 억울한 사람이 없게 말이야."

노형진은 흩날리는 재를 바라보았다. 그가 제대로 벌을 받았다면 그는 살았을지도 모른다.

"그게 우리 변호사들이 만들 세상이어야지요."

노형진은 그렇게 중얼거렸다.

그들의 앞에는 그냥 망망대해만이 빛나고 있을 뿐이었다.

범인을 찾아서

"노 변호사, 부탁이 있네."

"네?

노형진은 송정한 변호사의 말에 고개를 갸웃했다.

"부탁이라니요? 사건인가요?"

"사건이야."

"그렇다면야……."

노형진이 이곳에 있는 이유가 뭔가? 다른 변호사들의 실력 향상을 위한 것이 아닌가? 그런데 부탁이라고 할 것까지야 있겠는가?

"사실은 수임이 안 된 사건이라네."

"수임이 안 됐어요?"

"수임할 만한 상황도 아니고 말이야. 정확하게는 사건 자체가 성립되지 않은 상황이라네."

"그런데 왜 저한테?"

수임된 것이 아니라면 해 줄 것은 없다. 아예 사건 자체가 성립하지 않은 상황이니까. 그런데 도와 달라니?

"사실은 말이야."

송정한은 잠시 고민하다가 문을 닫았다. 그리고 노형진의 앞에 앉아서 그를 똑바로 바라보았다.

"공식적으로는 사건이 종결된 거라서."

"사건이 종결되었다니요?"

"그게 말이야……."

송정한이 사정을 이야기하기 시작하자 노형진은 묵묵히 들어 주었다.

"내가 아는 사람에게 딸이 하나 있었네."

그렇게 시작된 이야기.

그의 딸이 어느 날 죽었다. 경찰에서는 그걸 교통사고로 처리했다고 한다. 고속도로 옆에 시체가 버려져 있었고 시체에서도 교통사고 흔적이 나왔다고 한다.

"그래요? 그럼 교통사고 아닌가요?"

"그런데 그 아이가 그곳에 있을 이유가 없단 말일세. 그 사람의 집하고는 전혀 상관없는 곳이었거든."

"네?"

노형진은 고개를 갸웃했다.

생각해 보면 이상한 일이다. 교통사고가 나서 도로 옆에 버린다? 그건 있을 수 있다. 하지만 도로에서 무단 횡단을 하다가 사고가 나면 그럴 수도 있다.

'하지만 고속도로에서? 그건 무리 아닌가?'

사람들이 잘 다니지 않는 국도나 밤이면 사람이 끊어지는 도로라면 모를까, 우리나라의 고속도로는 밤이고 낮이고 차들이 쌩쌩 달리는 곳이다. 그런 곳에서 사고가 났는데 시체를 옆에 버리고 도망간다는 건 말도 안 된다.

"이상하군요."

"자네도 그렇게 생각하지?"

노형진이 이상하다고 생각할 정도라면 다른 사람들 역시 그럴 수 있다는 소리다. 아마도 송정한도, 그 아버지라는 사람도 그렇게 생각했을 것이다.

"경찰에서는 단순 교통사고로 처리했는데. 그때는 정신도 없고 경찰도 그렇게 이야기하니 그렇게 믿었지."

"그래요?"

"그런데 나중에 이상한 소리가 들리더군."

"이상한 소리?"

"그래, 최근에 누가 전화해서 이런 소리를 했다는 거야."

"어떤 소리요?"

"시체에 팬티가 없었다."

"네?"

노형진은 고개를 갸웃했다.

시체에 팬티가 없었다.

얼핏 보면 별거 아닌 것 같지만 다른 사건도 아닌 사망 사고다. 그런데 팬티까지 없었다고?

"누가요?"

"몰라. 말도 안 하고 그 사건은 잘못되었다고, 시체에 팬티가 없었다고 말하고는 끊어 버렸다는 거야."

"흠……."

노형진은 심각한 얼굴이 되었다. 그럴 수밖에 없는 게, 여성의 시체에서 팬티가 없어진 원인에는 단 두 가지 가능성만이 존재하기 때문이다. 노 팬티로 다니는 사람이었거나 특정 범죄와 연루되었거나.

"혹시 그 희생자가 그날 바지를 입고 나갔나요?"

"아니, 치마."

"그럼 한 가지 가능성은 사라지는군요."

"그렇지."

아무리 성적으로 개방적인 사람이라고 할지라도 치마를 입을 때 팬티를 안 입는 여자는 없다. 바지야 라인이 드러나는 경우 티 팬티 정도로 입는 사람들도 있기는 하지만 말이다.

"사건 기록 가지고 계십니까?"

"여기."

아니나 다를까, 송정한은 노형진에게 미리 준비한 사건 기록을 건넸다.

"미리 준비하셨군요."

"자네라면 이런 사건을 모른 척하지 않을 테니까."

송정한은 노형진을 잘 알고 있다.

그는 억울한 사람을 그냥 두지 않는다. 경찰도, 검찰도 지켜 주지 않는 사람들을 지켜야 하는 것은 변호사여야 한다는 것을 잘 알고 있는 몇 안 되는 사람 중 한 명이니까.

"흠⋯⋯."

노형진은 그걸 받아 가장 먼저 사건 처리 기한을 살폈다.

"짧군요."

"뭐가?"

"사건 처리 기간 말입니다."

"응?"

"사건 접수부터 종결까지 이주일입니다."

"그렇지. 그게 왜?"

"일반적으로 뺑소니 사고는 한 달은 하지 않습니까?"

"그런가?"

"네."

사건을 수사하든 말든, 그것과 관련해서 뛰어다니든 말든 사건을 처리하는 데에는 계류 기간이라는 게 있는데, 보통은 한 달 정도 걸린다. 그런데 이건 2주 만에 끝났다. 정확하게는 범인이 잡히지 않은 상태에서 시간이 제법 흘렀다.

"이 사건, 공소시효도 지났군요."

"그래."

일반적의 교통사고의 공소시효는 7년이다.

"마치 기다렸다는 듯이 공소시효가 끝나자마자 전화가 왔다고 하더군."

"음……."

"어떻게 생각하나?"

"누군가의 때늦은 양심선언이군요."

이런 사건들이 말하는 것은 하나다. 사건이 있었는데 경찰이 은폐했고 공소시효가 지나자 누군지 모를 사람이 양심의 가책을 느껴서 이야기한 것이다.

"하지만 이건 우리가 할 수 있는 게 없는데요?"

공소시효는 지났고 범인이 누군지 알 수는 없다. 아마도 제보한 사람은 알고 있겠지만 그 사람이 이야기해 줄 가능성은 제로라고 봐도 무방하다.

'양심적인 사람이기는 하겠지만 말이야.'

양심적인 사람인 그가 공소시효가 지난 후에 제보했다는 것은 그 보호 대상이 생각보다 거물이라는 뜻이 된다.

"그래서 자네를 찾아온 건데."

"길을 찾는 게 제 특기이기는 하지만……."

"그게 아니라, 범인을 이제 와서 잡는 건 힘들지만 누군지는 알아낼 수 있을 거 아닌가?"

"어떻게요?"

"자네 능력으로 말이야."

노형진은 송정한이 이야기하는 능력이 뭔지 알아차렸다.

"사이코메트리 말입니까?"

"그래."

송정한은 노형진이 과거의 기억을 읽을 수 있다는 것을 알고 있다. 물론 전부는 아니고 통제할 수 없다는 정도로 알고 있지만.

"자네의 그 능력을 쓴다면 그 사건 때 벌어진 기억을 조금이라도 읽을 수 있지 않을까?"

"글쎄요……. 가능할지 모르겠군요."

노형진은 어깨를 으쓱했다.

'과연 될까?'

무려 7년 전 사건이다. 더군다나 은폐되었다.

'확실하다면 모르지만.'

기억이 시간순으로 정리되어 보이는 것은 좋은 현상이기는 하지만 아무리 그라 해도 오래된 기억을 찾는 것은 쉬운 일이 아니다. 오래된 기억은 그 시간을 선택해도 잘 떠오르지 않고 추억처럼 흐릿해진다.

'더군다나 7년이라니.'

7년이면 노형진이 사이코메트리 한 사건 중 가장 오래된 사건이다. 지금까지 그렇게 오래된 기억을 읽어 낸 적은 없다.

"도와줄 수 있겠나?"

"원하신다면야."

"고맙네. 내 친구가 무척이나 고마워할 걸세."

송정한은 하루하루 말라 가는 친구를 보면서 속이 시커멓게 타는 기분이었다. 친구는 범인이 누군지도 모른 채로 딸을 잃었다는 슬픔에 하루하루 죽어 갈 뿐이었다. 어쩌면 이대로는 친구도 죽을지도 모른다.

"하지만 확실한 건 아닙니다. 전에도 말씀드렸다시피 제가 원하는 대로 할 수 있는 게 아니라서요."

"그래도 좋네. 자네가 유일한 희망이야."

노형진은 고개를 끄덕거렸다.

"그렇다면 한번 해 보겠습니다."

⚖️

며칠 뒤, 노형진은 송정한과 고속도로의 옆에 차를 세우고 있었다. 갓길에 차를 세우고 바라보고 있자 무서운 속력으로 옆을 지나가는 차량들.

"차들이 엄청 많군요."

"그렇지."

"그런데 진짜 이야기하시지 않을 겁니까?"

"나도 이야기할까 했는데……. 아무래도 헛된 희망을 주는 게 아닐까 해서 말이야."

"그런가요?"

"그래."

송정한은 당장이라도 친구에게 말하려고 했다. 하지만 하룻밤 생각하고 나서는 하지 않기로 마음을 바꿔 먹었다. 쓸데없는 희망을 줬다가 더욱 실망하면 몸이 더 안 좋아질 수도 있기 때문이다. 더군다나 노형진의 말에 따르면 무조건 되는 건 아니라고 하지 않는가?

"그때도 이 도로에는 차들이 많았나요?"

"그렇겠지. 생긴 지 무려 15년 된 도로니까."

생긴 지 얼마 안 된 도로라면 차들이 잘 몰라서 안 갈 수도 있다. 하지만 생긴 지 15년. 그 당시 기준으로 8년 된 도로라면 수많은 사람들이 그 존재를 알고 이용할 때였다.

'그렇다면 여기가 사고 현장은 아니군.'

노형진이 생각했을 때 여기는 사고 현장이 아니다. 아니, 사고 현장일 수가 없다. 팬티가 사라진 여자 사망자라는 것은 너무나도 뻔한 사건이니까.

"이 자리인가요?"

"그래."

송정한은 그 당시 사진을 주변과 비교해 가면서 정확한 위치를 찾았고 노형진은 그곳에 손을 대고 정신을 집중했다.

'운이 좋다면.'

운이 좋다면 생각보다 기억이 더 오래 남아 있을 수도 있다. 기억이 묻히는 건 시간의 문제도 있지만 다른 기억이 덧씌워지는 것일 수도 있기 때문이다. 그런데 여기는 사람이 다니는 곳이 아니다. 다른 사람들의 기억이 덧씌워질 일이 거의 없는 것이다.

"후우."

노형진은 그곳에서 정신을 집중하면서 자신이 선택한 기억이 떠오르기를 기다리고 있었다. 그렇게 떠오르는 수많은 기억들. 하지만 노형진은 얼마 지나지 않아서 당혹감을 감출 수가 없었다.

'어?'

눈앞에 있는 기억들은 순서대로 나열되어 있었는데, 노형진의 예상대로 그다지 많지 않았다. 하지만 정작 노형진이 찾는 시점의 기억은 없었다.

'없다?'

없었다. 분명 7년 전 사건이다. 그 사건 일시도 알고 있다. 그러니 여기 있어야 한다. 하지만 아무리 찾아도 그 시간쯤에 사건에 관한 기억이 없었다.

'사건 시기를 잘못 알았나?'

혹시나 하는 마음에 그때쯤 벌어진 기억들을 읽어 봤지만 나온 거라고는 노상 방뇨하는 아저씨와 쓰레기를 무단 투기하는 아줌마 그리고 멱살 잡고 싸우는 두 사람의 교통사고 대상자들뿐이었다.

'뭐지?'

아무리 찾아도 관련된 기억이 전혀 없었기에 노형진은 고개를 갸웃했다.

'이럴 수는 없는데?'

시체를 여기에 버렸다면 시체를 버린 사람의 기억이라도 있어야 한다. 아무리 사람이 독하다고 해도 그 기억이 남지 않을 수는 없기 때문이다. 그가 사람을 죽이는 걸 숨 쉬는 것만큼이나 자연스럽게 한다면 모를까.

하지만 그럴 사람이 어디 있는가? 하다못해 살인을 즐기는 살인마라고 해도 그 즐거움이라는 기억과 감정은 남아야 정상이다.

"역시 안 되나?"

노형진의 얼굴이 딱딱해지는 걸 본 송정한은 약간은 안타까운 얼굴이 되었다.

"기억이 안 읽히네요."

"역시 그렇군."

송정한은 실망스러운 얼굴이 되었다.

"하긴……그게 마음대로 될 리 없으니…….."

송정한은 안타깝다는 듯 말하지만 노형진은 이해할 수가 없었다.

'이건 말이 안 되는데?'

시체를 버리는 정도의 큰 사건 기억이 남지 않을 리 없다.

"흠……."

"뭐 하나?"

"아닙니다. 뭐, 좀 생각해 보려고요."

노형진은 지지대 위에 걸터앉아 최대한 이 상황을 해석해 보려 했다.

'여기에 시체가 있었던 것은 확실해. 사진도 그렇고 말이야. 희생자의 기억이 없을 수도 있어. 여기 오기 전에 사망했다면 말이야. 하지만 아무리 그래도 시체를 버리는 사람의 기억까지 없다는 건 말이 안 되는데…….'

노형진은 멍하니 달려가는 차량들을 바라보았다. 그때 그의 눈앞으로 한 대의 차량이 휙 하고 지나가면서 창문을 슬쩍 열리고 뭔가를 허공에 날렸다.

"저, 저, 나쁜 놈 같으니라고."

쓰레기를 무단 투기하는 차량을 보고 혀를 끌끌 차는 송정한. 하지만 그걸 보고 노형진은 한 가지 사실을 알아차렸다.

'그래…… 시체를 버렸다면 말이지.'

내려서 시체를 들고 여기에 버렸다면 그 기억이 남아 있지 않을 수가 없다.

'하지만 던진 거라면?'

노형진의 생각에 시체를 버리면서도 기억이 없을 수 있는 한 가지 기억이 있었다. 시체를 바로 내던진 것이다. 여기 내려오지 않았으니 당연히 그 흔적이 남아 있지 않을 수밖에 없다.

"혹시 말입니다."

"응."

"내던진 게 아닐까요?"

"내던지다니?"

"아니, 그런 생각이 들어서요. 여기는 사람들이 많이 다닙니다. 여기다가 오래 차를 세우고 있으면 사람들의 시선에 들어갈 수밖에 없어요. 그렇다면 빠르게 시체를 처리해야 하는데 그렇다면 가장 좋은 건 내던지는 거죠."

"내던진다고?"

"네."

송정한은 방금 전 쓰레기를 버리고 달려간 차량 쪽을 멍하니 바라보았다. 100킬로미터로 달리는 차량이다 보니 이미 보이지도 않게 사라진 상황.

"하지만 내던지는 거라면 훨씬 빠르게 편하죠."

"하지만 증거가 없지 않나?"

"증거가 없지는 않죠. 여기 있는 게 증거인 것 같네요."

"여기 있는 게 증거?"

"네."

노형진의 생각에 희생자는 다른 곳에서 강간당하고 사망

했을 가능성이 높다. 그리고 여기에 유기되었을 것이다.

"하지만 말이죠. 조사 결과, 교통사고로 처리되었다면서요?"

"그렇지."

"만일 여기에 곱게 내던져졌다면 교통사고로 몰아갔을까요?"

"아!"

이 사건은 분명 교통사고로 처리되었다. 반대로 말하면 교통사고로 처리될 만한 상처가 있었다는 뜻이다.

"하지만 다른 곳에서 사망한 희생자가 여기서 난데없이 차에 치여서 날아갔다는 건 말이 안 되죠."

"그럼?"

"차에 치이지 않았다면 그런 흔적이 남을 수 있는 건 하나뿐이죠."

노형진은 그곳에 서 있는 나무들을 바라보았다. 제법 우람한 크기의 나무들. 어지간한 충격에는 꿈쩍도 하지 않을 것이다.

"그 정도 속력으로 달려오는 차에 치인 게 아니라면 희생자가 날아가는 수밖에."

"……!"

송정한은 노형진의 말에 자신이 생각하고 있다는 것이 잘못되었다는 걸 알아차렸다. 여기서 교통사고를 당한 게 아니라 버려진 것이다. 그것도 달리는 차에서 말이다.

"하지만…… 일반적으로 그게 가능할 리 없지 않은가?"

"일반적으로는 그렇지요. 달리는 차에서 사람을 던진다는 게 쉬운 일은 아니니까요."

"그럼?"

"가능한 게 하나 있지요."

"트럭 말인가?"

"네."

그것도 1톤급 트럭일 가능성이 높다. 그 이상의 트럭은 칸이 높아 던지기 힘들다.

"흠……."

빠른 속력으로 달리는 트럭에서 집어 던지고 난 후 도망가면 실질적으로 잡는 것은 불가능하다. 뒤에 다른 차가 없다면 더더욱 말이다.

"그럼 범인은…… 트럭을 몰고 다니는 사람인가? 장사꾼일 수도 있겠군."

"그럴 리가요."

"응?"

고개를 갸웃하는 송정한이었다. 보통 트럭을 몰고 다니는 사람들은 장사꾼이다. 그런데 아니라니?

"보통 장사용 트럭은 '마후라'라고 하는 천을 많이 씌우고 다니죠. 안에 있는 물건들 날아갈까 봐. 그리고 마후라가 있는 트럭은 아무래도 옆으로 물건을 못 던집니다. 차들의 방향을 봐서는 뒤로 던져서 이쪽으로는 못 와요."

"그럼?"

"트럭을 가지고 있지만 마후라는 없는 사람이죠."

"음……."

그렇다면 숫자는 한정적으로 변한다. 마후라 없이 장사하는 사람들과 일부 짐을 배달하는 사람들.

"그래도 너무 많은데?"

한국에는 엄청난 수의 1톤 트럭이 있다. 그걸로 생계를 이어 가는 사람도 있다. 그러니 단순히 마후라가 없는 트럭이라는 것도 엄청난 숫자다.

"하지만 가능성을 줄여 보면 달라지죠."

"달라진다?"

"첫째, 경찰이 보호한다."

"아!"

경찰은 어떤 식으로든 이 사건을 덮으려고 했다. 그리고 실제로 성공했다.

"즉, 상대방은 상당한 고위직이라는 거죠."

"뭔가 안 맞는데?"

고위직이 뭐가 아쉬워서 1톤 트럭을 몰고 다닌단 말인가?

"여기서 우리는 한 가지 사실을 더 알게 되는 거죠."

"어떤?"

"상대방은 고위직이기는 하지만 1톤 트럭을 소유하거나 이용할 수 있는 위치에 있다는 것. 그리고 이렇게 하기 위해서는 최소한 세 명은 필요합니다."

"그렇지."

운전하는 사람 한 명, 짐칸에 있다가 그걸 내던질 두 명. 아무리 여자라 해도 죽어서 축 늘어진 시체를 바깥으로 내던지는 것은 쉬운 일은 아니다.

"그런 식으로 보면 힘쓰는 사람일 가능성이 높지요."

"음…… 자네는 정말……."

노형진의 말에 송정한은 놀라움을 금치 못했다.

친구와 여기에 수십 번은 왔다. 하지만 자신들은 그런 걸 생각하지 못했다. 그저 울분을 토했을 뿐이다.

물론 노형진에게 사이코메트리 능력이 있긴 하지만 분명 노형진은 기억을 읽지 못했다고 했다. 즉, 이 모든 것은 이 위치만을 보고 추론해 낸 것이다.

'자네는 진짜 타고 났군그래.'

절대로 공부만 잘해서는 알 수 없는 정보들.

"그렇다면 아무래도 숫자가 확 줄지요."

"그렇겠지."

힘 좋은 부하들을 쓸 수 있고 1톤 트럭을 동원할 수 있으며 경찰에 힘쓸 수 있는 사람.

"하지만 그래도 여전히 사람이 너무 많네."

그렇다고 해도 범인을 특정하기에는 너무 많은 변수가 존재한다.

"그리고 우리는 시체를 버렸다는 사실에 집중해야 합니다."

"응?"

"송 변호사님은 만일 사람을 죽였다면 어떻게 하시겠어요?"

"뭐? 나 말인가?"

"네."

송정한은 고개를 갸웃하다가 곰곰이 생각에 잠겼다. 자신이 사람을 죽였다면 어떻게 했을 것인가.

"아무래도 그걸 감추려고 하겠지."

"그런데 그 사람을 모르는 사람이고 접점이 전혀 없는 사람이었다면요?"

"묻지 마 살인 말인가?"

"네."

"그거야……."

송정한은 움찔했다. 자신이 사람을 죽였고 그 사람과 자신이 접점이 없고 증거라고 할 만한 것이 없다면?

"그냥 튀겠지."

"네, 그게 정상적인 거죠. 위험하게 사람과 차량을 운행하면서 감추기보다는."

"그렇다면?"

"원래 성범죄자들의 대다수는 아는 사람들 아닙니까?"

"음……."

그렇다면 모든 게 성립된다. 1톤 트럭을 소유하고 있으며 사람을 쓸 수 있는, 그것도 입이 아주 무거운 사람을 쓸 수 있으며 희생자를 알 수 있는 사람이 얼마나 되겠는가?

"하지만 아주 친한 사람은 아닐 겁니다."

"어째서?"

"그랬다면 집으로 가는 길에 교통사고로 위장하지, 이런 뜬금없는 곳에 던지지는 않았겠지요."

"그렇군!"

즉, 그녀의 집을 모른다는 뜻이 된다. 그렇다면 평소에 알지만 집을 알 정도로 아는 사이는 아니라는 뜻이다.

"아마도 평소 희생자를 마음에 두고 있는 누군가가 벌인 일일 가능성이 높지요."

"소설 같은 이야기 아닌가?"

가진 자가 여자를 강간하고 죽여 버린다는 것은 소설에서 흔하게 나오는 일이다. 노형진은 피식 웃었다.

"그런데 소설이나 막장 드라마보다 더 막장인 사건이 일어나는 게 한국 아닙니까?"

"부정하진 못하겠군."

노형진의 말에 송정한은 안타깝다는 듯 혀를 끌끌 찼다.

"어찌 되었건 길을 찾았으니 그 길을 한번 따라가 봐야겠군요."

노형진은 시체가 놓여 있던 그 자리를 물끄러미 바라보면서 중얼거렸다.

"상미를 따라다닌 사람요?"

"네."

노형진과 송정한은 범인을 찾기 위해 그 당시 희생자를 알던 사람을 찾아다니기 시작했다.

대부분은 모른다고 손을 흔들었지만 한 아이를 안고 있는 이 여자는 그때를 기억하고는 얼굴을 찌푸리고 있었다.

"아는 사람이 있나요?"

"음…… 뭐 상미야 따라다니는 남자가 한두 명이 아니었으니까."

확실히 희생자는 미인이다. 그럼에도 불구하고 공부 말고는 그다지 관심이 없어 보였다.

"하지만 한 명은 생각나시는 것 같은데요?"

"네?"

"방금 얼굴을 찌푸리셨잖습니까? 그렇다는 건 마음에 걸리는 누군가가 있다는 뜻이지요."

"아…….."

그녀는 잠시 자신의 아이의 머리를 쓰다듬었다. 아마도 머릿속의 생각을 정리하는 모양이었다. 송정한과 노형진은 그런 그녀를 조용히 기다렸다.

"한 명 있어요."

드디어 정리가 끝나고 나오는 이야기.

"누구죠?"

"소학림이라는 녀석이에요."

"소학림?"

"네."

노형진은 고개를 갸웃했다.

'모르는 이름이다.'

어지간한 재벌 집안의 자녀들은 알고 있다. 그런데 모르는
이름이다.

"재벌인가요?"

"몰라요. 다만 집요할 정도로 따라다니기는 했죠."

"흠…… 그가 잘살던가요?"

"모르죠."

"네?"

"남자 옷에 관심이 별로 없어서요."

"아……."

남자들의 옷의 디자인은 비슷한 게 많다. 그래서 잘 아는
사람들은 명품이니 어쩌니 하지만 일반적인 사람들은 잘 모
른다. 더군다나 진짜 부자들만 입는 명품은 더더욱 알기 쉽
지 않다.

"차는요?"

"글쎄요……. 차를 끌고 다닌 기억은 없는데. 무면허라던가?"

"흠……."

차를 끌고 다니는 것도 아니라면 더더욱 그 사람인지 알 수가 없다.

'하긴…… 관심 없는 사람에 대해 기억하지 못하는 게 잘못은 아니지.'

더군다나 7년 전 이미 죽은 친구를 따라다녔던 사람이다. 그런 사람을 제대로 기억하는 사람이 얼마나 되겠는가?

"그럼 그 사람에 대해 기억나는 게 뭐가 있는지 말씀을 좀 해 주세요."

"뭐…… 상미를 따라다닌 거하고…… 싸가지가 없었다는 정도?"

딱히 정보가 없는 상황.

'희생자의 부모에게 물어볼까?'

그런 생각을 하던 노형진은 고개를 흔들었다. 그런 녀석에 대해 이야기했는지도 모를 일이거니와 범인인지도 확실하지 않은 상황에서 이야기하면 혹시나 생각지도 못한 사태가 벌어질 수도 있다. 희생자의 부모는 원수를 찾고 있으니 말이다.

'그럴 수는 없지.'

실제로 어떤 부모가 딸을 죽인 원수라 생각하고 누군가를 죽였는데 진짜 살인자는 전혀 다른 사람인 경우도 있었다. 그러니 확실하지 않은 상황에서 말하는 것은 조심스러운 일이 될 수밖에 없다.

'이 사건은 비밀리에 하는 거니 당분간은…….'

확실하지 않은 이상 희망을 주지 않는 것이 정답이다. 그게 틀리면 고통이 될 테니까.

"아, 맞다!"

"네?"

노형진이 포기하려던 찰나 그녀는 뭔가 생각난 듯 '탁' 하고 소리 나게 손바닥을 쳤다.

"그 녀석에 대해 생각나는 게 하나 있어요."

"뭔데요?"

"운전기사가 한 명 있었어요."

"네? 운전기사요?"

"네."

노형진은 확신이 들었다. 운전기사란 존재는 단순히 무면허라서 쓰는 존재가 아니다.

"그걸 어떻게 아세요? 차 끌고 다니는 건 못 봤다면서요?"

"매일 학교에 데리고 왔다가 데리고 가던데요? 그리고 차를 운전하는 걸 못 봤다고 했지, 차 타는 걸 못 봤다고는 하지 않았어요."

"음…….."

"그런데 상미 씨가 죽고 난 후에 그 녀석을 본 적이 있나요?"

"네? 아…… 음…… 글쎄요……. 잠시만…….."

한참 생각하던 그녀는 고개를 흔들었다.

"그러고 보니 본 적이 없네요. 듣기로는 유학을 갔다던가?"

시기도 묘하다. 마치 기다렸다는 듯이 유학이라니.

"혹시 그 녀석의 신분에 관련된 정보는 없습니까?"

송정한은 다급한 듯 물었지만 그녀는 어깨를 으쓱할 뿐이었다.

"워낙 관심도 없는 녀석이었는데요, 뭘."

"그래요?"

"네."

실망한 표정으로 가득한 송정한. 하지만 노형진은 왠지 담담한 표정으로 고개를 끄덕거렸다.

"감사합니다. 덕분에 많은 도움이 되었습니다."

"별말씀을요."

그녀와 헤어지고 난 후 송정한은 노형진을 바라보았다.

"뭔가 느낀 건가?"

"아니요. 뭔가 알 것 같아서요."

"안다니?"

"그 녀석이 어디의 녀석인지 말입니다."

"응?"

노형진의 말에 송정한은 고개를 갸웃했다. 어디의 사람인지 알 것 같다는 건 의외였기 때문이다. 지금 증언에서는 그와 관련된 어떤 정보도 나오지 않았다.

"누군지는 모르지만 아마 학교 주변에서 사는 놈일 겁니다."

"자취 말인가?"

"아니요. 집에서 살겠지요."

"집에서?"

"네."

"그걸 어떻게 아나?"

"송 대표님은 집이 엄청나게 부자인데 성인이 된다면 뭐부터 해 달라고 하시겠습니까?"

"응? 그거야……."

송정한은 잠시 고민하다가 결국 선택은 하나뿐이라는 걸 알아차렸다.

"차를 사 달라고 하겠지."

"그러기 위해서는 면허를 따야지요."

"그렇지."

"그런데 그 녀석은 그 당시 면허가 없었다고 합니다. 그 녀석의 그때 나이가 스물두 살. 면허를 따고도 남을 나이죠."

"그렇군."

물론 상시 운전기사가 모시고 다녔으니 필요 없다고 생각할 수도 있겠지만 말이다.

"그게 그 주변에서 산다는 것과 무슨 관계가 있나?"

"보통은 그렇게 집이 가까우면 버스를 타고 다니거나 대중교통을 이용합니다. 운전기사가 아니라요."

"그게 보통이지."

"그런데 전담 운전기사가 붙어서 모시고 다녔다는 건 집안에서 그를 금이야 옥이야 키웠다는 뜻입니다. 외동아들일 가능성이 높지요."

"음…….."

확실히 외동아들이라면 그럴 수도 있다. 심각한 경우는 운전도 못 하게 하는 경우도 있으니까.

"그런 아들이라면 멀리 둘 리 없죠."

"그런가?"

"네, 아마 주변에 집이 있을 겁니다."

"많이 좁히기는 했지만."

피해자가 다닌 학교는 서울이다. 그 주변에 사는 사람이 한두명이 아니다.

"하지만 경찰이 보호할 사람은 얼마나 되겠습니까?"

"그렇군."

"그리고 그때에 맞춰서 유학을 갔습니다. 그렇다면 거의 확정적이라고 봐도 무방하지요."

송정한은 고개를 끄덕거렸다.

"확실히 세 가지 다 맞는 사람은 없겠군."

학교 근처에 집이 있을 것, 운전기사가 있고 무면허일 것, 비슷한 시기에 갑자기 유학을 갔을 것. 이 네 가지 모두 가진 소학림이라는 이름을 가진 인간이 여럿일 가능성은 거의 없다고 봐도 무방했다.

"거의 다 왔습니다. 거의 다."

노형진은 직감적으로 표적이 거의 눈앞에 보이는 것을 느꼈다.

"이 사람입니다."

얼마 후, 고문학은 노형진과 송정한에게 관련 정보를 건네줬다. 공식적인 것은 아니지만 고문학 역시 공식적 활동만 하는 곳은 아니었기에 기꺼이 도와주었던 것이다.

"올해 스물아홉 살인 소학림입니다. 얼마 전 동남아 유학을 갔다가 돌아왔습니다."

"동남아?"

"네."

"이상하군요."

"왜?"

"동남아 유학은 보통 돈을 아끼려고 보내는 게 보통입니다."

유학이 궁극적인 목적이 뭘까?

어떤 학문의 최고가 되는 것? 아니면 학자가 되는 것?

물론 그럴 수도 있다. 하지만 그건 어느 정도 공부를 잘할 때의 이야기다. 보통 유학의 목표는 정해져 있다. 바로 영어다.

영어의 종주국 하면 영국이다. 그리고 미국이나 캐나다 등도 있다. 문제는 그런 나라들은 생활비가 터무니없이 비싸다는 것.

"그래서 유학을 동남아 쪽으로 보내는 건 돈은 아끼면서 공부시키려고 하는 집에서 많이 합니다."

영어는 지역마다 발음이나 사용의 차이가 있다. 보통은 영국식 영어를 가장 많이 알아주고 그다음으로 미국이나 캐나다 등의 영어를 알아준다. 동남아 쪽 영어는 의사는 통해도 발음 같은 게 서양 쪽과 많이 달라 생각보다 낮게 보는 경향이 있다.

"하지만 이 녀석은 아닙니다. 이 녀석의 신분대로라면 절대 돈 때문에 거기에 갈 이유가 없죠."

소학림. 소명자의 아들.

"특이하군. 엄마와 아들이 성이 같다니."

"이런 경우는 보통하나죠."

"데릴사위 말인가?"

"네."

아버지는 김 씨인 데에 비해 엄마는 소 씨다. 그런데 자녀는 소 씨 성을 따라갔다. 그렇다면 가능성은 두 가지다. 이혼 후 엄마 성을 따른 것이거나 데릴사위이거나.

"이 경우는 데릴사위일 가능성이 높아 보이네요."

"그렇겠지. 상대방이 상대방인 만큼 남자의 입장에서는 손해 볼 게 없으니까."

한국 남자들은 일반적으로 데릴사위제를 싫어한다. 집안을 이어야 한다는 가부장적인 분위기에 익숙한 데다가 그게 보통이기 때문이다. 그럼에도 불구하고 데릴사위로 들어갔다는 것은 한 가지뿐이다.

"하긴. 소씨 집안의 데릴사위라니 어지간한 남자는 거절하기 쉽지 않지요. 더군다나 현대에 와서는요."

김 씨 성을 가진 아버지의 존재는 사실 무의미하다. 이 상황에서 중요한 것은 소명자의 집안이다.

"하아."

노형진이 한숨을 쉬는 이유는 단순했다. 상대방이 쉽지 않은 자들이었기 때문이다.

"소명자라니."

"이건 전혀 생각하지 못했는데요."

"그렇게 말일세. 경찰이 사건을 덮은 이유를 알 것 같아."

소명자는 사채시장의 큰손이다. 막말로 한국에서 그녀에게 찍히면 사업은 물 건너간 거라고 할 만큼 말이다. 어지간한 기업들은 그녀에게 돈을 빌릴 수밖에 없다. 몇몇 대기업을 제외하고는 그녀에게 돈을 빌리거나 약점이 잡혀 있다.

"아마도 대룡도 마음대로 못할 것이다."

물론 대룡이 소명자와 직접 거래하지는 않는다. 하지만 대룡도 사업하다 보면 어음이라는 것을 발행할 수밖에 없다.

어음이란 일종의 빚 같은 거다. 문제는 그런 어음의 경우 돈이 없는 작은 기업들은 쥐고 있을 수가 없다는 것.

결국 그들은 어음할인이라는 것을 한다. 쉽게 말해 그 어음을 다른 사람에게 파는 것이다.

"우리나라의 상당수 어음이 이 집안으로 간다죠?"

"그렇다고 하더군."

소명자 집안은 원래 부잣집이었다. 원래는 중국인이었던 그들은 중국에서도 엄청난 부자였다. 그러다가 일제 강점기 때 중국이 한반도와 중국을 점령하고 나자 한국에까지 그 선을 키웠다. 그 후에 중국이 공산화 바람이 불기 시작하자 그들은 발 빠르게 재산을 처분하고 한국으로 넘어왔다. 공산주의는 사유재산을 인정하지 않아 모든 재산을 빼앗길 게 뻔했으니 말이다.

"소명자라니……."

그 돈으로 그들은 한국에서 소위 말하는 사채시장을 시작했고 엄청난 자금력으로 수많은 기업들을 집어삼켰다. 일반적인 개인 간 사채시장이 일본에 넘어갔다면 기업 간 사채와 어음은 소씨 집안으로 넘어갔다고 봐도 무방한 게 한국의 경제 상황.

"그리고 엄청난 마마보이고요."

거기에다가 소학림은 엄청난 마마보이다. 소씨 집안의 유일한 핏줄이기 때문이다. 유교 집안이 다 그렇듯 장손 또는 가문의 계승자라는 존재에게 엄청나게 신경 쓰는 게 현실인데, 그 주인공이 소학림인 것이다.

"어째 싸움이 좀 힘들어질 것 같습니다."

노형진은 걱정스럽게 중얼거릴 수밖에 없었다.

기억 속의 그놈

"후우."

송정한은 수많은 고민을 하고 있었다. 상대방이 너무 좋지
않았다.

"고민하십니까?"

"솔직히 말하면 그러네."

노형진이 묻자 고민에 빠져 있던 송정한은 고개를 끄덕거
렸다.

"우리가 약하다고는 생각하지 않는데요?"

자신들은 성화와 싸울 정도로 강력하게 성장했다. 새론은
절대 약하지 않다. 하지만 송정한도 고민이 많을 수밖에 없
었다.

"알고 있네. 하지만 말이야, 상대방이 너무 안 좋아."

소씨 집안은 한국의 사채시장을 꽉 잡고 있는 큰손이다. 대룡조차도 섣불리 손댈 수 없는 곳이다.

"그런 자들에게 잘못 손대면 일이 커질 수도 있네."

송정한은 바보가 아니다. 정의가 지켜진다는 말 같은 걸 믿지 않는다. 자신들이 정의의 편이라고 생각하지만 그렇지 않은 경우도 있고 설사 정의라 할지라도 패배하는 경우도 숱하게 봐 왔다.

"그러니 섣불리 싸울 수가 없네."

노형진은 그의 앞에 자리를 잡고 앉았다.

"그 녀석들이 고소당한 게 이번만은 아닐 텐데요?"

"그렇겠지. 하지만 말이야, 그렇다 해도 그건 대부분 재산 관련 문제였네. 엄청난 자산을 가지고 있는 그들이다 보니 얼마 안 되는 돈이라고 할 수 있지. 그러니 그다지 보복을 생각하지 않았을 수도 있어. 하지만 이번에는 재산이 아닌 집안에 대한 공격일세. 자네도 알지 않나, 중국인들이 그런 것에 얼마나 매달리는지?"

"그렇지요."

한국도 유교 국가로 가문에 대해 많이 신경 쓰지만 중국은 유교의 종주국이라 할 수 있다. 당연히 집안과 가문에 대해서는 집착에 가까운 태도를 취한다.

"애초에 소씨 가문에서 데릴사위를 얻은 이유가 뭔가?"

가문을 이어 가기 위해서다.

"그런데 그 녀석을 범죄자라고 감옥에 넣어 버리면 그쪽에서 그냥 있을 리 없네."

어떤 식으로든 보복하려 할 것이다. 그것도 상당히 체계적으로 할 것이다.

"그러면 반격하면 됩니다."

"그게 쉬운가?"

"쉽지는 않지요. 하지만 돈이 있다고 처벌받지 않는 세상을 만들기 위해 우리가 모인 게 아니었나요?"

"그렇기는 하지만……."

검사도, 경찰도 믿지 못하는 사람들. 그들이 기댈 곳은 제대로 된 변호사뿐이다. 그런 상황에서 변호사마저 믿을 수 없다면 그들은 그저 모든 것을 포기하고 살아야 한다.

"그래서 모인 게 우리입니다. 상대방이 소씨 집안이 아니라 더한 집안이라고 할지라도 법은 지켜야지요. 유전 무죄 무전 유죄가 아니라는 것을 증명하기 위해서라도 말입니다."

"하지만…… 돈 문제가……."

"송 대표님, 자꾸 잊어버리시는 모양인데 저 돈 많습니다."

"응?"

송정한은 노형진을 바라보았다. 그 말뜻을 모르는 그가 아니었다.

"설마 자네, 필요하면 소씨 집안과 전쟁이라도 하겠다는 건가?"

"필요하다면요."

"그렇지. 자네는 그런 사람이었지."

노형진은 엄청난 부자다. 하지만 그는 그 돈으로 뭔가를 해 본 적이 없다. 그가 돈을 모으는 목적은 오로지 하나, 외압과 싸워 이기기 위해서다. 물론 터무니없는 상대라면 대책이 없다. 하지만 상대방은 사채업자.

"만일 그쪽에서 싸우고자 한다면 못 싸울 것도 없지요."

"하지만 그들이 가진 돈은 자네 못지않네."

"압니다."

단순히 몇백억 몇천억을 가지고 그들이 한국에서 기업을 대상으로 사채 놀음을 하면서 권력을 휘두를 수는 없다. 그들의 재산은 노형진과 동급이다. 아니, 어쩌면 더 많을 수도 있다.

"하지만 그렇다고 해도 전 물러날 생각이 없습니다."

물러나면 끝이다. 한번 타협해서 돈 많은 사람들에게 자유를 주면 그게 타락의 시작이다.

"하지만……."

"세상에서 가장 비싼 게 양심이라고 했습니다. 애초에 제가 편한 길을 선택하고자 했다면 변호사를 하지는 않았겠지요."

송정한은 마음을 굳혔다. 편하게 변호사질을 하려고 했다면 이 길로 오지 않았을 것이다. 남들이 무시하는 어려운 길을 왔기에 이 자리까지 왔던 것이다.

'그래, 내가 마음이 변했군.'

상대가 누구든 법은 공평해야 한다. 법을 집행하는 사람들에게 불편해서 그들이 유리한 거라면 그것은 민주주의가 아니다.

"싸우세."

노형진의 두 손을 꼭 잡으면서 송정한은 고개를 끄덕거렸다.

"특이하군."

송정한은 자신의 건물에서 나오는 소학림을 보면서 중얼거렸다. 그럴 수밖에 없었다.

"저 녀석이 범인인 건 알겠는데 어떻게 범인이지?"

"이상한가요?"

"그래."

그는 소문난 마마보이였다. 하긴 평생을 부모라는 울타리 안에서 끼고 돌았으니 당연하다면 당연한 거다. 그런데 강간 살인이라니.

"뭐, 확정적인 건 아닙니다만."

"확정적인 건 아니다?"

"심증뿐이지 않습니까?"

"음……."

"하여간 설명드리자면 일종의 반발 심리입니다."

"반발 심리?"

그를 감시한 지 이틀. 그러나 특이한 것은 없었다. 그는 출퇴근을 할 뿐이었다.

그런 그를 살펴보는 게 지겨웠는지 송정한은 노형진의 말에 귀를 기울였다.

"네, 부모에 대한 반발 심리죠."

소학림의 부모인 소명자는 엄청난 재력가에 여장부로 알려져 있다. 더군다나 데릴사위인 아버지는 제대로 힘쓰지 못한다. 그런 상황에서 그는 모든 것을 어머니라는 사람의 그림자 안에서 행해 왔다. 그러니 마마보이가 될 수밖에 없다.

"하지만 사람 심리라는 것이 그렇게 쉬운 게 아닙니다."

모든 아이들은 성장하면서 자연스럽게 스스로 독립하려고 한다. 그게 정상이다. 문제는 그걸 소명자가 억누르고 있다는 것.

"그런 상황에서 그는 자신도 모르게 다른 사람, 특히 여성에 대해 고압적인 성향이 될 가능성이 높습니다."

"여성에 대해?"

"네."

그를 억누르는 것은 엄마라는 존재다. 하지만 정작 그 엄마라는 존재는 공포의 대상임과 동시에 보호자이기도 하다.

"결과적으로 그 분노를 다른 사람들에게 투영합니다."

"강남에서 뺨 맞고 강북에서 화풀이한다 이거군."

"네."

어머니라는 존재에게서 받는 스트레스는 다른 이성에 대한 공격적인 모습을 보여 준다.

"그래서 주변에서는 그런 아이가 아니다. 그럴 리 없다고 생각합니다. 그럴 수밖에요. 부모라는 그림자 안에서 살아왔으니 유약해 보일 뿐, 제대로 된 인간으로는 안 보이니까요."

"음……."

"하지만 여자들은 마마보이를 싫어하지요."

"그렇지."

그가 돈이 없어서? 아니면 그가 못생겨서?

아니다. 마마보이는 어머니라는 존재의 그늘에서 살아와서 사회에 대해 모른다. 엄청난 돈을 가지고 있을지언정 그걸 지키는 법이나 그걸 운용하는 법을 모른다. 모든 것을 엄마에게 물어봐야 하는 것이다.

"그런 상황에서 상대방이 무시했다고 생각하면 순간적으로 공격적으로 변할 수도 있습니다."

"그런가?"

"네, 문제는 그게 아주 위험하다는 거죠."

특히나 상대방이 자신보다 낮은 신분의 사람이라고 생각하는 경우 더더욱 그렇다.

"아마 그 피해자 되는 분은 마음이 약한 분이셨겠지요?"

"그래, 약했지."

"그럴 겁니다. 저런 녀석은 어머니라는 존재 때문에 강한 여자들을 두려워하거든요."

저런 녀석들이 찾는 먹잇감은 착하고 약해 보이는 여자들이다. 그러다 보니 아무래도 마음 약한 사람일수록 표적이 되기 쉽다.

"만일 그런 상황이었다면 차라리 공격적으로 나갔을 텐데 말이지요."

노형진은 안타깝다는 듯 차에 타는 소학림을 바라보았다.

"저런 녀석들은 여자에 대한 공포심을 가지고 있거든요."

차라리 강하게 하지 말라는 식으로 나가면 그 두려움 때문에 도망갈 수도 있다. 하지만 여자가 살려 달라고 비는 식으로 약한 모습을 보이면 저런 녀석들은 자신이 우위에 있다는 점을 증명되어 희열을 느끼기 때문에 더욱 공격적으로 변한다.

"하긴…… 그런 걸 다 알 수는 없으니까요."

문제는 희생자들이 그런 살인자들의 성향을 다 알 수는 없다는 것이다.

"일단…… 확실한 건 하나있군요."

"어떤?"

"아직도 운전기사가 모는 차를 타고 다니잖습니까?"

"아아."

확실히 그는 자신이 아닌 운전기사가 끄는 차를 끌고 다닌다. 하지만 그의 신분을 생각하면 이상할 것은 없다.

"뭔가 바뀌지 않았을까?"

"아닐걸요? 아마도 엄마라는 존재에 더 예속되어 있을 겁니다."

실수인지 고의인지 알 수는 없지만 살인을 저질렀다. 그런 상황에서 과연 그가 선택할 수 있는 카드는 뭐가 있을까?

없다. 결국 도움을 청한 대상은 엄마일 수밖에 없다.

"그리고 엄마라는 존재는 아마도 사건을 덮으려고 했을 겁니다."

"그렇겠지."

"그럼 이제는 치명적인 약점을 잡힌 셈이지요."

단순히 엄마와 자식 관계 정도가 아니라 범인과 은폐자로서의 관계가 추가되었다. 그렇게 되면 소학림의 입장에서는 끌려갈 수밖에 없다.

"흠……."

송정한은 심각한 얼굴로 다시 그쪽으로 바라보았다. 범인인 것 같기는 하지만 확실한 증거는 없는 상황.

"어찌 되었건 당분간은 저 녀석에 대해 조사해 봐야겠습니다. 일단은……."

노형진은 말하려다가 멈칫하고는 자동차에 시동을 걸었다. 그리고 그곳을 빠르게 빠져나오기 시작했다.

그런데 소학림이 가는 방향과 반대쪽으로 빠지는 게 아닌가? 당연히 소학림을 살피던 중이었으니 그쪽으로 갈 거라 생각했던 송정한은 깜짝 놀랐다.

"노 변호사? 반대쪽인데?"

"꼬리가 붙었습니다."

"꼬리?"

자신의 뒤로 따라붙는 차량.

"벌써?"

"사채는 피눈물을 동반하니까요."

더군다나 소씨 집안은 중국 쪽에서 넘어온 집안이라 피도, 눈물도 없는 자들로 유명하다. 당연히 사방이 적으로 가득하다. 그러니 조금만 의심스러우면 이런 식으로 꼬리를 붙이는 것이다.

"음……."

송정한은 신음성을 흘렸다.

"이런 식이면 시체를 처리하는 것은 어려운 일이 아니겠군."

"그렇지요. 사업의 규모가 규모인 만큼 뒷수습하는 놈들도 존재할 테니까요."

송정한 역시 동의한다는 듯 고개를 끄덕거리다가 뭔가 이상하다는 듯 고개를 갸웃했다.

"응?"

"왜 그러십니까?"

"뭐가 이상하지 않나?"

"이상하기는 하죠."

"자네도 그 생각인가?"

"네, 지난 며칠간 살펴보다가 저도 알아차렸습니다."

저들은 전문적으로 처리하는 자들이 있다. 당연히 돈을 갚지 못하면 납치해서 죽이기도 할 것이다. 중국인들에게 남의 목숨이란 그다지 귀한 게 아니니까. 차라리 그를 죽임으로써 다른 사람들에게 경고하는 걸 선택한다.

"그런데 고속도로 변두리에 버린다? 그건 좀 이상하지 않나?"

"그렇지요?"

그런데 이번 사건은 뭔가 특이했다.

고속도로에 쓰레기도 아닌 시체를 버린다?

물론 고속도로가 사람들이 그다지 관심을 가지지 않는 곳이기는 하지만 반대로 엄청난 사람들이 다니는 곳이라 보는 눈도 많다.

"뭔가 안 맞는데?"

"그리고 우리가 노려야 할 부분은 그 부분이고 말입니다."

"그 부분이라……."

노형진의 말에 송정한은 고개를 갸웃했다.

"어떤 점에서 말인가?"

"직접 말씀하셨잖습니까, 고속도로는 그다지 추천할 만한 시체 처리 장소가 아니라고?"

"그렇지."

"더군다나 내려서 숲 안쪽에 안 보이는 쪽에 놓는 것도, 달리는 고속도로에서 패대기치는 것도 말도 안 되는 방식이죠."

"그렇지."

"그렇다면 문제가 생겼다는 뜻입니다."

"문제?"

"네."

"어떤 문제?"

"뭐, 대충은 알 것 같습니다."

그리고 그게 수사의 시작점이 될 것이다. 노형진은 그렇게 생각했다.

"뭐라고?"

소명자는 고개를 갸웃했다.

"수상한 놈?"

"네, 이틀 정도 이쪽을 감시했습니다."

"그런 녀석들이 한둘이야?"

"그렇기는 합니다만……."

소명자는 짜증스럽게 말했다. 그럴 수밖에 없는 게 하루에도 몇 놈이나 와서 깽판을 치고 울고불고 난리를 친다. 그러니 그 안에 한두 명이 좋지 않은 감정을 가지고 있다고 해도 이상할 것이 하나도 없다.

"차적을 조회해 보니 렌터카입니다."

"렌터카?"

"네, 그리고 임대한 사람은 전혀 엉뚱한 사람이구요. 강원도 사람입니다."

"강원도?"

얼굴을 찌푸리는 소명자. 그럴 수밖에 없는 게 차로 들이받는 놈들은 보통 자기 차로 하지, 렌터카로 하지 않기 때문이다.

"그래서 추가적인 정보는?"

"없습니다. 강원도에 사는 사람이기는 한데 그걸로 끝입니다. 그쪽으로 사람을 보내 봤습니다만 그는 운전할 만한 상태가 아니라고 합니다. 우리 쪽과 접점도 없고요."

"흠......."

소명자는 심각한 얼굴이 되었다. 체계적인 움직임을 보였다는 것은 의외로 위험한 상황임을 뜻하는 것일지도 모른다.

"뭘 노리는 것 같던가?"

"그게...... 모르겠습니다."

"모른다라......"

확실하게 드러나지 않게 했다는 것은 상대방이 전문가라는 뜻.

"당분간 비상 내리고 경계를 올려."

"그걸로 될까요?"

"그래야지. 또 어디서 나타난, 되도 않는 도전자일 수도 있잖아?"

워낙 소씨 가문이 사채시장을 꽉 잡고 있다 보니 1년에 한 번씩 되도 않는 도전자들이 나타난다.

그들은 어떻게 해서든 소씨 집안의 약점을 캐내려고 이런 식으로 움직인다. 이런 경우 딱히 전쟁할 만한 것도 아니기에 이렇게 경계만 올리면 제풀에 나가떨어진다. 소씨 집안의 자금력을 이기지 못하기 때문이다.

"알겠습니다."

고개를 끄덕거리는 비서가 나가고 나자 소명자는 심각한 얼굴로 책상을 바라보면서 중얼거렸다.

"렌터카라……."

그녀는 왠지 모를 찜찜함을 느끼고 있었다.

⚖

며칠 뒤, 고문학은 노형진에게 새로운 사실을 보고했다.

"말씀하신 대로더군요. 경계 상태를 올렸습니다. 정보를 캐내기가 쉽지 않습니다."

"그럴 거라 생각했습니다."

자신들을 발견하고 바로 움직인 작자들이다. 한두 번 겪어 본 게 아니라는 뜻.

"덕분에 우리가 감춰지기는 했지만 더 이상 그쪽 정보를 얻어 내기 쉽지 않을 것 같네요."

"어차피 우리가 노리는 쪽은 소씨 가문이 아닌 소학림이니까 상관없습니다. 관련된 증거 중 새로 나온 게 있습니까?"

"음…… 좀 알아봤습니다만 확실히 노 변호사님의 말씀대로더군요. 7년 전쯤에 그들 회사 소속의 1톤 트럭 하나에 대한 사고 기록이 있더군요."

"역시."

노형진은 그들이 다급하게 시체를 버리고 간 이유를 알아내기 위해 여러 가지 고민을 했다. 그리고 한 가지 가능성을 생각했다. 뭔지 모를 사고가 있었고 그 때문에 목적지까지 갈 수 없었던 것이다.

"시기도 비슷한 시기입니다."

"무슨 사고인가요?"

"추돌 사고입니다. 고속도로에서 차선을 변경하던 중 다른 차를 못 보고 들이받은 모양입니다."

"그리고요?"

"옆 차는 균형을 잃어버리고 가드레일을 들이받았습니다. 트럭은 바로 도주했구요."

노형진은 대충 상황을 알 것 같았다. 아마도 그들은 시체를 처리하기 위해 원하는 장소에 가는 중이었을 것이다. 하

지만 그들은 사고가 났고 짐칸에 시체가 실려 있으니 당연히
도주할 수밖에 없었을 것이다.

'그리고 급하게 시체를 버렸겠지.'

"그 후에는 자수했겠지요?"

"네? 그걸 어떻게?"

"뻔한 거죠."

증인이 많고 카메라가 곳곳에 있는 고속도로인 만큼 그들
은 잡힐 수밖에 없다. 그러다가 수사가 길어지면 생각지도
못한 일이 벌어질 수도 있을 테니 그들은 사건을 덮기 위해
분명 자수를 선택했을 것이다.

"그 차에 증거가 있을지도 모르겠군요."

"증거가요? 하지만 7년 전 사건인데요?"

"아, 그런 게 있습니다. 그런데 그 차가 아직 있나요?"

노형진은 그다지 기대하지 않고 입을 열었다. 그런데 그다
음 말은 노형진을 흥분시키기 충분했다.

"네."

"뭐라고요!"

솔직히 7년이나 된 차니까 분명히 폐차 처리되었을 거라
고 생각했다. 그런데 지금까지 있다니?

'지금까지 그걸 쓴다고? 그럴 리가.'

소씨 집안에서 운영하는 회사인 소원대출은 꼬투리 하나
남기는 것을 원하지 않는 곳이다. 그런 곳이 그런 사고 차량

이것이법이다

을 그냥 쓴다는 건 말이 안 된다.

"아, 그들이 쓰는 건 아닙니다. 중고차로 팔았더군요."

"중고차요?"

"네."

"아아."

하긴 쓸 만한 차량이니 팔아서 돈이라도 회수하려고 했을 것이다.

"기록에 따르면 중고차로 판매되어서 농사용으로 사용되다가 얼마 전에 다시 중고차로 나왔습니다."

노형진이 눈을 크게 떴다.

"중고차로 나왔다고요?"

"네."

"혹시 그곳을 알 수 있을까요?"

"어려운 건 아닙니다만? 증거를 찾으려 하시는 겁니까? 하지만 7년 전 사건이고 지난 몇 년간 계속 농업용으로 사용되었습니다. 증거가 남아 있을 거라 생각하기는 힘든데요?"

고문학은 고개를 갸웃했지만 노형진은 생각이 달랐다.

'살인이다. 더군다나 교통사고까지 있었다면 그 다급함은 이루 말할 수 없겠지.'

그렇다면 분명 그 기억이 아직까지 남아 있을 가능성이 높다. 그리고 농사용이라면 추가로 덧씌워진 기억이 많지 않을 수도 있다. 사람들이 많이 타는 것이 아니니까.

'그렇다면……'

어쩌면 그 당시 관련 정보를 얻을 수 있을지도 모른다.

"당장 그 차를 수배해 주십시오. 어쩌면 우리에게 중요한 정보가 될지도 모릅니다."

노형진은 다급하게 말했다. 누군가 사 가 버리면 못 보게 될 수도 있다.

"알겠습니다."

고문학은 더 이상 묻지 않았다. 어떤 상황에서도 길을 만드는 노형진이었기에 이번에도 방법이 있을 거라 믿었다.

⚖

"엄청나군."

사방에 가득한 중고차를 보면서 송정한은 혀를 내둘렀다. 사방에 꽉 찬 중고차들 덕분에 발 디딜 틈이 없었다.

"이 안에서 어떻게 찾지?"

"어디 보자…… 주차장이 ㅎ-44-1번 주차장이네요."

"이거야 원, 복잡해서."

맨 앞의 'ㅎ'는 주차장의 위치를, '44번'은 기둥의 위치를, '1번'은 라인의 위치를 뜻한다.

"그래도 이런 식으로 해 두니 아무래도 찾기는 편하지요. 운이 좋았습니다."

"그렇지."

다행히도 그 차량은 대룡자동차를 통해 시장으로 나왔다. 그럴 수밖에 없었을 것이다. 오래된 차량인 만큼 여러 가지 정비를 해야 하니까. 그래서 어렵지 않게 찾을 수 있었다.

노형진은 송정한과 함께 그 차를 찾으러 갔다.

"그나저나 진짜 가능하겠나?"

"가능하기를 바라야지요."

노형진과 송정한의 계획은 간단했다. 그 안에서 기억을 찾아내는 것.

"이 차입니다."

딜러가 소개시켜 준 차는 농업용으로 사용된 만큼 상당히 오래되어 보였다.

"싼 가격에 나왔지요. 그래도 상태가 영 안 좋아서 팔리지는 않고 있습니다만."

딜러의 말대로 차의 상태는 엉망이었다. 적재 칸에는 상당히 부식이 진행되었고 차 여기저기도 부식이 심했다.

"상관없습니다."

어차피 필요한 것은 기억이지, 차의 상태가 아니다.

"잠시만 기다리세요."

노형진은 차의 짐칸으로 올라가서 자리를 잡고 앉았다. 오래된 기억인 만큼 상당한 집중력이 필요하기 때문이다.

"거기 상당히 더러운데요?"

딜러가 노형진을 말리자 송정한은 그런 그를 진정시켰다.

"그냥 두고 보시면 됩니다."

"네?"

"그냥 두고 보시면 됩니다."

"아…… 네……."

송정한 덕분에 조용하게 정신을 집중할 수 있었던 노형진은 천천히 과거의 기억을 읽기 시작했다.

'이건 아니야……. 좀 지난 일인데……. 수리……인가……. 그럼…… 다른 것…….'

하지만 무려 7년 전 사건이다. 당연히 그 기억은 상당히 흐릿할 수밖에 없었다.

'사라진 걸까? 아니야……. 그럴 리 없어.'

죽은 사람은 아니라고 하지만 시체를 버리러 가다가 난 사고다. 그걸 기억하는 사람에게는 무척이나 큰 사건일 수밖에 없다.

'좀 더 안쪽…… 좀 더 깊은 쪽…… 좀 더…… 좀 더…….'

그렇게 얼마나 시간이 지났을까?

노형진은 흐릿하게 보이는 시간의 흐름을 발견할 수 있었고 그걸 재빨리 낚아챘다. 그러자 눈앞이 확 변하면서 바뀌는 다른 세상.

"젠장, 멍청한 자식!"

"죄송합니다."

"어쩔 거야?"

빠르게 달리는 자동차의 짐칸에 있는 두 사람.

"일 한두 번 해 보냐?"

"그…… 그게 너무 갑작스럽게 들어와서……."

"이 새끼야, 못할 것 같으면 다른 애한테 넘기든가!"

"……."

부하 녀석의 실수 때문에 일이 커졌다. 어젯밤 술을 진탕 먹은 상태에서 일이 갑자기 들어오자 돈에 눈이 멀어서 한다고 나서 버린 것이다.

"돈 몇 푼에 조직 넘길래!"

"죄……송합니다."

고래고래 소리를 지르는 남자.

'저 사람이 대장인가 보군.'

노형진은 직감적으로 그가 대장인 걸 알 수 있었다.

"따라오는 놈 없어?"

"없습니다."

노형진의 기억을 읽고 있는 남자의 목소리.

"염병. 작업장까지 가지는 못하겠는데?"

노형진은 고개를 갸웃했다.

'작업장?'

시체를 처리하는 곳일까?

'어디지?'

하지만 알 수가 없었다. 지금 읽어 낸 기억의 주인은 신입이라 정확한 위치를 모르고 있었다.

'발음도 그렇고, 아무래도 중국 쪽에서 온 사람들인가 보군.'

소씨 집안이 중국에서 넘어온 대부호라는 점을 생각하면 그건 이상하지는 않은 일이다.

"망할."

대장은 연신 손톱을 물어뜯었다.

"경찰 녀석이 언제 올지 모르는데."

차가 제대로 가드레일을 받으면서 뒤집혔으니 아마 난리가 났을 것이다.

"염병!"

그는 주변을 둘러보았다.

간간이 지나가는 차들. 밤이 늦어서 그런지 주변에 차들은 보이지 않았다.

그 순간 울리는 전화기.

"네, 형님."

그는 전화를 받더니 대번에 얼굴이 일그러지기 시작했다. 그리고 나지막하게 중국식 욕설을 내뱉으면서 전화기를 끊었다.

"경찰 쪽에서 우리 차에 수배를 붙였단다."

"아, 씨박."

"이 새끼야, 네가 욕하면 안 되지!"

"죄송합니다."

"이대로 가면 걸린다."

고속도로 곳곳에 카메라가 있고 숨어 있는 순찰차들도 있다. 걸리면 일이 커진다.

"하는 수 없지. 야, 다리 잡아."

"네?"

"잡으라고! 던져야지, 별수 있어? 나중에 다시 와서 회수하자."

"하……지만…….."

"그럼 뭐? 그대로 있다가 잡혀갈래, 이 새끼야!"

노형진은, 아니 기억 속의 남자는 엉거주춤 다리를 잡았다.

"웃!"

일어나자 강하게 느껴지는 바람. 그러자 시체를 덮었던 천이 벗겨졌다. 그 순간 노형진은 눈을 크게 뜰 수밖에 없었다.

'희생자다.'

축 늘어진 몸. 파란색의 입술과 목에 남아 있는 선명한 손자국.

'역시.'

살인이었다. 아마도 목을 졸려서 죽은 모양이다.

"욱."

"이 새끼야! 똑바로 안 잡아? 아오, 씨발! 있는 새끼들이 왜 이따위야!"

"죄송합니다, 따꺼."

"잘 잡아! 내가 셋 하면 던지는 거야. 하나, 둘, 셋!"

옆으로 던져진 시체는 날아가서는 나무에 부딪치더니 그대로 아래로 굴러떨어졌다.

"창우웬! 나중에 시체를 회수해야 하니까 위치 정확하게 기억해 놔!"

"네, 따꺼!"

"염병할."

첫 일을 마친 남자, 그러니까 노형진이 읽은 기억 속의 남자는 후들거리는 다리로 짐칸 바닥에 주저앉았다.

노형진은 거기까지 기억을 읽고는 손을 떼었다. 그다음에 벌어진 일들은 더 이상 사건과 관련이 없는 그의 개인적인 생각들이었기 때문이다.

"노 변호사?"

노형진이 손을 떼자 송정한이 기다렸다는 듯이 다가왔다. 노형진은 그런 그에게 미소로 답해 주었다.

"성공했습니다."

"음……."

조용한 커피숍.

노형진의 능력은 비밀이라 송정한은 사무실이 아닌 커피숍에서 이야기하고자 했다.

노형진은 그에게 자신이 봤던 모든 것을 이야기해 주기 시작했다.

"그러니까 그들이 한 게 확실하다는 건가, 노 변호사?"

"네, 제가 시체의 얼굴을 봤습니다."

끄덕거리는 노형진의 모습에 송정한은 침을 꿀꺽 삼켰다. 심증이 확증이 되는 순간 수많은 생각이 그의 머릿속을 스치고 지나갔다.

지금까지 벌어진 일과 지금도 고통스러워하는 친구.

떵떵거리면서 잘살고 있는 가해자.

"그나저나 그 제보자는 찾았습니까?"

송정한은 고개를 흔들었다.

"아니. 못 찾았네. 발신 위치가 공중전화더군. 아마도 자신을 드러내고 싶지 않았던 모양이야."

"그래요? 주변 CCTV는 확인하기 힘들겠죠?"

"정식 사건도 아니고 가능할 리가 있나?"

더군다나 이 사건은 경찰이 은폐했던 사건이다. 만일 그걸 확인하기 위해 경찰에 신고하면 제보자의 신상이 드러난다.

'뻔하다면 뻔한 거니까.'

희생자에게 팬티가 없었다.

그건 결국 그 당시 사건에 직접 참가했던 경찰들만 알 수 있는 사항이니 결과적으로 참가 경찰이 누군지 알고 있는 경찰은 자신들보다 먼저 그를 찾아낼 것이다.

'그리고 그 후에는 보복이 시작되겠지.'

과연 그 사람에게 경고만 하고 끝날까? 아니면 그를 고발자로 보호할까?

그럴 리 없다. 그가 정보를 흘렸다는 사실은 소씨 집안으로 흘러갈 테니 소씨 집안은 어떤 식으로든 보복하려 할 것이다.

'그게 불법이라고 할지라도 말이지.'

물론 불법이다. 하지만 소씨 집안은 자체 조직까지 있는 집단이다. 그런 집단에 그런 정보를 흘러간 사실을 알게 된다면 그가 당할 일은 뻔하다.

"더 이상 그쪽은 캐지 않도록 하지요. 내부 고발자 보호를 위해서라도 말입니다."

"거참…… 나라가 미쳤군, 미쳤어. 내부 고발자를 지켜 줘야지, 도리어 폭행당할까 봐 그를 도와줄 수가 없다니."

"내부 고발자가 지켜지는 나라였다면 얼마나 좋았겠습니까? 더군다나 이번에는 분명히 폭행으로 안 끝날 겁니다. 소씨 집안의 그동안의 행적을 봐서는 실종자로 처리되겠지요."

하지만 한국은 내부 고발자가 지켜지는 구조가 아니다. 단한 번도 지켜진 적이 없다. 도리어 정부 차원에서 적극적으로 내부 고발자를 엄단한다.

말로는 보호한다고 하지만 정부 내부의 고발자들의 말로는 언제나 철저한 파멸이었다. 내부 고발자를 보호한다는 건 수많은 법들과 마찬가지로 지키지 않기 위해 만들어 낸 법일 뿐이다.

더군다나 소씨 집안은 그 허울뿐인 법조차도 신경을 안 쓰는 집단. 당사자를 납치해서 죽여 버리면 그걸로 끝이다. 최악의 경우 내부 고발자뿐만 아니라 그 가족까지 죽여 버릴 가능성도 있다.

'씁쓸하군.'

지키지 않기 위해 만들어진 법.

그건 법적으로는 보호해야 하는데 실질적으로는 정부에서 그걸 인정하지 않는 법들이다.

법적으로는 위법이 많는데 정부에서는 그 관련된 처벌 조항을 만들지 않는 방식으로 그 법을 무력화시킨다. 대표적인 예가 저작권법과 이런 고발자 보호법, 최저임금이다.

저작권법 같은 경우에는 법은 있지만 아예 정부에서 처벌 금지를 내부 지침이라는 형태로 못 박아 버렸고, 내부 고발자 법은 그 보복 자체는 금지되었지만 그 보복을 한 사람에 대한 처벌은 한 적이 없다.

최저임금의 경우에는 안 지켜도 기껏해야 벌금 몇십만 원 순이니 그걸 지키려고 하는 사람은 없다.

"후우…… 씁쓸하군."

송정한 역시 답답한 얼굴이었다.

"그런데 말이야, 이상하군."

"뭐가요?"

"아니, 왜 이건 '살인입니다.' 같은 고발하는 말이 아닌 팬티가 없다는 말로 제보를 대신하지? 이상하지 않나?"

"이 사건이 제대로 수사되지 않았으니까요."

"응?"

"제대로 수사도 되지 않았으니 경찰의 입장에서는 강간 살인이라고 말할 수도 없겠지요. 실제로 팬티를 입지 않고 다니는 사람이 없는 것도 아니니까요."

"끄응, 그 말은……."

"네, 애초에 이 사건은 수사 자체가 되지 않았다는 뜻입니다."

딱 교통사고로 못 박힌 채로 어떤 수사도 이루어지지 않았다는 뜻이었기에 송정한은 왠지 서글퍼졌다.

"그래서 이제는 어쩔 건가? 증거는 없지만 자네가 기억을 읽었으니 사건은 명확한 것 같은데."

"이제는……."

노형진은 안타까운 표정이 되었다. 그럴 수밖에 없다. 지금 이 순간이 가장 힘든 순간이었기 때문이다.

"희생자의 아버지한테 사실을 말해야지요."

"끄응……."

송정한은 어느 때보다 얼굴이 일그러졌다.

그럴 수밖에 없었다. 그 말을 할 사람은 자신밖에 없었기 때문이다.

"최악이군."

그 한마디가 그의 심정을 대변하고 있었다.

하늘 아래 도망갈 곳은 없다

"그 말이 사실인가?"

분노의 경악 그리고 놀라움 때문에 희생자인 상미의 아버지인 백해구는 말 그대로 주저앉아 있었다.

"역시…… 그 말이 사실이었나?"

"미안하네.

송정한은 자신보다 훨씬 늙어 버린 친구의 모습을 보면서 씁쓸하게 말했다.

"아…… 아닐 수는 없나?"

차라리 백해구는 송정한이 하는 말이 거짓말이기를 기도했다. 어느 부모가 자기 자식이 강간당하고 살해당했다는데 좋겠는가? 차라리 교통사고였다고, 그래서 고통 없이 죽었다고 믿고 싶었다. 하지만 현실을 부정할 수는 없었다.

"여러모로 알아봤는데 아무리 봐도 이건 살인이네. 미안하네."

"……."

백해구는 아무런 말도 하지 않고 그저 침묵만을 지켰다. 수년간 믿었던, 아니 믿고 싶었던 모든 것이 거짓말이라고 하니 당연히 충격적일 수밖에 없었다.

그렇게 얼마나 지났을까?

"누구인가?"

"범인 말인가?"

"그래…… 어떤 놈인가."

"소학림이라는 녀석이야."

"소학림?"

"그래."

송정한은 그의 신상과 딸과의 관계에 대해 설명했다. 그 말을 들은 백해구는 이빨을 빠드득 갈았다. 얼마나 강하게 갈았는지 이에 금이 갈 정도였다.

"진정하십시오. 아무리 화가 나셔도 그 녀석에게는 손댈 수 없습니다."

"어째서!"

"아까도 말했다시피 이건 종결된 사건입니다. 경찰은 재수사의 의사가 없지요."

"어떻게 그럴 수가 있는가!"

"그게 돈의 힘입니다. 물론 개인적인 복수를 하실 수도 있겠지요. 하지만 그게 성공한 확률이 얼마나 될까요? 그는 상시 세 명의 경호원들을 대동합니다. 전화 한 통이면 자신을 도와줄 수 있는 변호사도 바로 불러올 수도 있죠. 그런 자를 대상으로 보복을 생각하시는 건 어리석은 일입니다."

"그럼! 내 딸은! 내 아이의 원수는 어떻게 갚으란 말인가!"

백해구는 분노했다.

금이야 옥이야 키운 자신의 딸이다. 애 엄마가 죽고 나서 절대 부족하지 않게 키우겠다며 이를 악물고 키웠던 아이다. 그런데 강간 살인이라니. 정상적인 상황이라면 미쳐도 이상할 게 없는 상황이다.

"진정하십시오. 그래서 저희가 존재하는 겁니다."

"뭐?"

"저희는 변호사입니다. 의뢰만 받는다면 의뢰인의 승리를 위해 노력하지요."

백해구의 시선이 송정한에게 향했다.

"저 젊은이의 말이 진짜인가? 자네가 내 딸아이의 복수를 해 줄 건가?"

"나 역시 해 줄 걸세. 자네 아이기는 하지만 내가 그 아이를 얼마나 예뻐했는지 알지 않나?"

백해구는 고개를 끄덕거렸다.

"그렇지……. 아이가 자네를 많이 따랐지……."

"이 복수는 자네만의 복수는 아닐세. 내 복수이기도 하네."

백해구는 늙어 침침해진 눈에서 눈물을 뚝뚝 흘리면서 송정한의 손을 잡았다.

"제발…… 제발 부탁이네…….흑흑흑."

그리고 그런 백해구를 송정한은 어깨를 두들기면서 다독거릴 뿐이었다.

⚖

"저 친구도 많이 늙었군."

돌아오는 길에 송정한은 쓸쓸하게 말했다.

"나이 차이가 무척 나 보이시더군요."

"그렇지. 하지만 동갑이야. 딸을 잃고 나서 저렇게 늙더군. 마치 모든 생기를 빼앗기는 것처럼 말이야."

노형진은 그 말을 이해하는 듯 고개를 끄덕거렸다.

"어느 정도 이해는 갑니다."

"자네는 아직 결혼은커녕 여자 친구도 없는데 그걸 어떻게 아나? 어디 감춰진 자식이라도 있나?"

"그럴 리가요. 그냥 워낙 많은 사건들을 해 봤으니까요."

물론 그래서 아는 건 아니다.

'이제는 벌어지지 않을 일이지만.'

자신의 아이라고 믿었던 아이들이 자신의 아이가 아니라는 사실을 알게 되는 것. 그것은 무척이나 충격적이고 세상이 무너지는 느낌이었다. 그 정도만 해도 세상에서 돌이킬 수 없는데, 하물며 자신의 아이가 죽었다는 사실을 들으면 얼마나 충격이 크겠는가?

  "그나저나 노 변호사, 이제는 어쩔 생각인가?"

  "무엇을 말입니까?"

  "솔직히 말해서 이 사건에서 물적 증거는 하나도 없네. 시체는 이미 화장했고 시간은 7년이나 지났네. 그 녀석이 자기 입으로 인정할 리 없고 말이야."

  "그렇지요."

  "그렇다면 실질적으로 어떻게 처벌할 수 있는 방법이 없는 거 아닌가?"

  "하지만 증인으로 모으면 되지요."

  "증인?"

  "네."

  "증인이 있을 리 없지 않나? 설사 안다고 해도 그가 누군지 모르는데?"

  시체까지 처리한 마당에 증인이 남아 있을 리 없다.

  "한 명이 있지 않습니까?"

  "누구?"

  "창우웬 말입니다."

"창우웬? 하지만 그 사람은 누군지도 모르는데? 사실 창우웬이라는 이름을 가진 중국인이 한두 명이 아닌데 어떻게 그를 찾는단 말인가?"

노형진은 그의 얼굴을 제대로 기억하지 못한다. 목소리는 들었지만 그는 운전 중이었고, 노형진이 읽은 기억 속의 남자는 짐칸 위에 있어 그의 얼굴을 볼 수가 없었다. 그나마 희미하게 옆얼굴만을 봤을 뿐이다.

"더군다나 그가 어디 있는지 알고?"

"걱정하지 마세요."

노형진은 미소를 지었다. 이번에는 자신이 있었다.

"우리를 대신해서 찾아 줄 사람을 알고 있거든요."

"찾아 줄 사람?"

송정한의 궁금증은 강해질 뿐이었다.

⚖️

"이 망할 새끼."

이길용은 이를 빠드득 갈았다. 아무래도 이런 일을 하다 보면 간땡이가 붓기 마련이고 가끔은 안하무인으로 날뛰는 놈도 있기 마련이다. 하지만 창우웬은 한도를 넘었다.

"이 부장, 도대체 일도 제대로 처리 못해요?"

소명자는 부들부들 떠는 이길용을 차가운 눈빛으로 바라

보았다.

"죄송합니다, 마담."

마담. 그게 소명자의 호칭이었다. 사장이라는 호칭보다는 마담이라는 호칭을 좋아해서 그녀는 언제나 마담으로 통했다.

"원래 돈이라면 환장하는 새끼라……."

창우웬은 중국으로 갔다. 돈만 밝히지, 제대로 일을 처리하지 못하는 녀석이었기 때문이다. 그래서 쫓아 보냈다. 그런데 이 녀석이 미쳐서 소씨 가문을 협박한 것이다.

소학림 사건이 밝혀지길 원하지 않는다면 한국 돈으로 20억을 달라. 전액 현금으로. 그렇지 않는다면 증거를 들고 경찰에 찾아가겠다.

창우웬

간단한 내용의 편지, 아니 협박장이었지만 그 내용은 무엇보다도 무거웠다.

그리고 소명자는 돈을 줄 리 없는 사람이었다.

"그 녀석은 어떻게 할 겁니까?"

"제가 알아서 처리하겠습니다."

묻는 형식으로 했지만 소명자의 명령은 단호했다.

이길용은 이를 빠드득 갈면서 방에서 나와 당장 애들을 불러 모았다.

"야!"

"예, 따꺼!"

"애들 중에서 칼 좀 잘 쓰는 애들 좀 모아. 아, 그리고 혹시 창우웬 이 새끼 연락처 아는 놈 있어?"

"창우웬요? 쫓겨난 지 벌써 2년이 넘은 놈인데 그놈은 왜 찾으십니까? 그 녀석을 다시 쓰시려고요? 하지만 그 녀석은 영 쓸 만한 놈이 못 되는데요?"

"묻지 말고 알아, 몰라?"

"알아보겠습니다."

"사흘. 딱 사흘 준다. 그 안에 못 찾으면 네 목을 내놔야 할 거다."

부하들은 일이 잘못되고 있다는 것을 알아차렸다.

⚖

"그들이 나갑니다."

공항에 있던 직원은 움직이는 사람들을 보고 어디론가 전화했다. 그리고 전화를 받은 고문학은 재빨리 노형진과 송정한에게 달려왔다.

"말씀하신 대로입니다. 그 녀석들이 중국 쪽으로 출국하더군요."

"어디로 가는지 알아내셨습니까?"

고개를 끄덕거리는 고문학.

"광둥 공항입니다."

"그쪽에 사람은 배치했나요?"

"네."

"잘하셨습니다. 바로 움직이지는 않을 테니 우리도 바로 움직입시다. 경호 팀 준비는 다 끝났나요?"

"네, 벌써 다들 기다리고 있습니다."

"바로 출발하라고 하세요. 우리도 나가겠습니다."

"그렇겠습니다."

고문학이 나가자 노형진은 방구석에 있는 여행용 가방을 들었다. 이날을 위해서 미리 준비한 가방이었다.

"걸렸군."

"아무래도 그 사실을 아는 사람은 창우웬 한 명뿐이니까요."

그 협박장을 보낸 것은 진짜 창우웬이 아닌 노형진이었다.

노형진은 기억 속에서 창우웬이 그다지 능력 있는 녀석은 아니라는 사실을 알아차렸다. 돈은 좋아하는데 능력은 안 된다. 사건이 벌어지고 난 후에도 바로 시체를 처리하지 않는 바람에 결국 시체가 발견되게 만든 것도 그 인간이었다.

'그리고 상대방은 그걸 알지.'

그 점을 노린 것이다. 그걸 알기에 그들은 의심하지 않고 바로 움직일 것이다. 그러니 그들은 자신들도 모르게 노형진을 창우웬에게 안내하게 될 것이다.

"노 변호사."

"네?"

"조심하게. 상대방은 중국인이야."

중국인들이 무식하게 칼을 쓰는 것은 유명하다. 그래서 만만하게 볼 수 없다. 하지만 노형진도 그 정도는 알고 있었다.

"그래서 경호 팀을 데려가는 거 아닙니까? 하하하."

미친놈과 멀쩡한 놈이 싸우면 이기는 건 미친놈이다. 그리고 새론의 경호 팀은 노형진이 진짜 미친놈들만으로 엄선해서 만든 위험한 집단이다. 그 덕에 완벽하게 일한다.

"기다리세요. 제가 곧 증인을 가져다 바치겠습니다. 후후후."

노형진은 가방을 끌고 나가면서 미소를 지었다.

⚖

"이런 씨발……."

창우웬은 도망치고 있었다. 집으로 갔을 때 그를 기다리던 사람들을 보고는 그대로 내뺐다.

"젠장! 젠장!"

청소부들.

내부에서는 그렇게 불렸다. 돈을 갚지 않는 녀석들이나 자신들의 이익에 상충하는 자들을 처리하는 전문 팀.

"도대체 왜……."

자신을 영입하러 왔다?

그건 말도 안 된다. 자신은 그곳에서 쫓겨난 사람이다. 그런 사람을 과연 그들이 영입할까? 더군다나 영입하기 위해 온 것이라면 혼자서 오지, 이렇게 우르르 오지는 않는다.

"서라!"

"쌍!"

도망쳤다고 생각했다. 하지만 나가는 길에 다른 사람을 만날 거라 생각하지 못했던 창우웬은 결국 도망자 신세가 되었다.

"너 이 새끼, 안 서!"

"너 같으면 서겠냐!"

서면 바로 죽는다. 당연히 설 리 없다.

"헉, 헉, 헉."

그나마 다행인 것은 자신은 이 지지리도 가난한 동네 출신이라는 것. 저들이 모르는 길로 쏙쏙 벗어나서 그들의 시선을 벗어나고 있었다.

"망할 놈들."

그렇게 얼마나 뛰었는지 모른다. 족히 두 시간은 뛴 것 같았다. 그렇게 한참을 뛴 결과, 드디어 따라오는 사람이 보이지 않았다.

"씨발…… 어떻게 된 거야? 도대체 무슨 일이냐고!"

아무리 무능해서 쫓겨났다고 하지만 이렇게 킬러를 보내

서 죽일 만큼 중요한 인물은 아니다. 목숨값으로 치자면 저
들의 비행기값도 나오지 않을 만큼 싸구려 목숨인 것이다.
그런데 청소부라니.

"젠장…… 어쩌지? 일단은 다른 곳에 가서 숨어야 하나?
그래, 일단은 아버지 고향으로 가자. 거기에 있으면 못 찾겠
지. 거기 가면 친척도 있으니 당분간은 먹고살 수 있…… 크
르르르르륵."

그는 뒤를 둘러보다가 다시 앞을 보는 순간 그대로 굳어
버렸다. 강력한 전기 충격이 그의 몸을 관통하고 있었다.

"끄르르륵."

전기 충격기에서 흘러나오는 전기는 그를 사시나무 떨듯
떨게 만들었고 그 앞에는 이길용이 서 있었다. 그는 거칠게
호흡을 가다듬으면서 이를 빠득빠득 갈았다.

"망할 쌔끼, 어디로 튀려고."

"끄르르륵."

"사람을 뛰게 만들다니, 죽으려고."

"끄르륵."

전기가 끊어지는 순간 바닥에 철퍼덕 널브러지는 창우웬.
그런 창우웬에게 이길용은 침을 퉤 뱉었다.

"망할 새끼. 야, 차 가지고 와."

무전기로 말하고 나자 주변 사람들은 그런 이길용을 두려
운 눈으로 바라보았다. 하지만 여기는 중국.

"눈 안 돌려! 가서 내장 파이고 싶어!"

누구도 신경도 쓰지 않고 모른 척 지나갈 뿐이었다.

"야…… 태워!"

"네, 따꺼!"

그들 옆으로 오래된 봉고 하나가 다가오더니 문이 열리면서 창우웬을 태우기 시작했다.

"끄르륵…… 살려……."

그는 주변 사람들에게 살려 달라고, 공안을 불러 달라고 말하고 싶었다. 주변 사람들 역시 그런 그의 말뜻을 충분히 알아들었다.

"끄르륵……."

하지만 문은 속절없이 닫히고 봉고는 멀어졌다. 그리고 그 후에도 누구도 신고하는 사람은 없었다. 그게 바로 중국 보신주의의 일반적인 모습이었다.

⚖

"따꺼, 살려 주십시오! 제발……."

창우웬은 살려 달라고 고래고래 소리를 지르고 있었다. 하지만 상대방은 그를 살려 줄 생각이 없었다. 묻지도, 따지지도 않았다. 그저 능숙하게 구석에 창우웬을 묶어 두고는 드럼통 옆에서 콘크리트를 비비고 있을 뿐이었다.

"따꺼! 왜 이러시는 겁니까!"

"왜 이러냐고?"

이길용은 피식 웃었다. 모른 척하고 있다고 느낀 것이다. 물론 당연히 모른 척할 것이다. 자기는 살아야 하니까. 그리고 그에게는 창우웬이 죽어야 하는 이유가 있었다.

"간단해. 넌 너무 많이 알고 있어."

창우웬의 얼굴은 새파랗게 질렸다. 그가 말하는 '아는 것' 중에는 소씨 집안의 문제가 될 만한 것이 하나 있었던 것이다.

'젠장.'

사실 그가 실력이 없음에도 불구하고 이렇게 오래 버틴 것도 그걸 알고 있기 때문이다. 그런데 너무 무능한 나머지 쫓겨난 것이다.

"따꺼…… 제발……. 영원히 입을 다물겠습니다."

"넌 이미 늦었어."

이길용은 더 이상 말하지 않고 드럼통만 바라보았다.

"집어넣어."

"따꺼!"

하지만 그를 강제로 끌고 간 청소부들은 그를 산 채로 드럼통에 넣고 옆에서 비벼 둔 시멘트를 들이붓기 시작했다.

"안 돼!"

살기 위해 소리를 지르는 창우웬. 하지만 시멘트는 어느 틈엔가 벌써 허리까지 차고 있었다.

"비밀을 누설하는 건 하늘에 가서 하라고."

이길용이 비웃는 그때였다.

쾅!

엄청난 소리가 나면서 안으로 들어오는 한 무리의 사람들. 청소부들은 깜짝 놀랐다.

"뭐야?"

"야! 여기 망한 곳이라면서!"

분명 조용히 처리할 수 있는 망한 공장을 선택했다. 그런데 사람이라니.

"음…… 공장 부지를 보러 온 사람은 아니군."

하지만 이길용은 눈앞에 서 있는 사람들을 보면서 신음성을 흘렸다. 하나같이 그들의 손에는 쇠 파이프가 들려 있었던 것이다.

"말로는 안 되겠지?"

이길용은 주변의 눈치를 살폈다. 하지만 직감적으로 글러먹었다는 걸 느끼고 있었다.

'어떻게 된 놈들이…….'

이런 일을 하다 보면 인간의 눈에서 많은 감정을 보게 된다. 두려움이나 공포, 투쟁심 같은 것 말이다. 그런데 저들의 눈에 있는 것은 딱 두 가지뿐이었다. 차가움과 귀찮음.

'망할.'

그리고 경험상 저런 인간들은 제대로 된 인간이 아니다.

말 그대로 인간 백정 같은 놈들이다.

"따꺼! 처리하죠!"

하지만 상황을 모르는 부하는 수적으로 자신들이 유리하다고 생각했는지 히죽 웃으면서 품 안에서 칼을 빼 들었다.

"어디 조직 놈들인지는 모르겠지만 오늘 죽었다고 생각해라."

칼을 빼 들고 히죽 웃는 중국 조직원들.

그때였다.

"그렇게 쉽게는 안 될 거야."

"뭐야?"

뒤에서 들리는 목소리는 한국인이었다. 하지만 다들 한국에서 오래 살아서 알아들을 수 있었다.

"뭐라는 겨? 오늘 네놈들 다 죽이고 내장을 모조리 빼내주…… 콜록."

으름장으로 놓으면서 앞으로 나서는 청소부. 하지만 그는 순간 목이 메는 고통에 뒤로 물러났다. 하지만 그 고통은 사라지지 않았다.

"콜록콜록."

"켁켁."

그를 기점으로 마구 목을 부여잡는 사람들.

그리고 보니 문이 열리면서 역광이 들어와서 몰랐는데 들어온 놈들은 어느 틈엔가 방독면을 쓰고 있었다.

"콜록콜록."

이길용 역시 그 고통을 이기지 못하고 바닥을 나뒹굴었다.
그때 그 방금 들어온 녀석들 사이에서 다시 한국말이 들려왔다.

"으아, 진짜 독하네. 역시 한국산. 뭐해요? 구경만 하러
온 거 아니잖아요?"

노형진은 고통에 몸부림치는 인간들을 보면서 혀를 끌끌
차면서 말했다. 그 뒤에서는 휴대용 선풍기들이 돌아가고 있
었다. 그 아래에서는 악명이 자자한 한국산 최루탄이 굴러
다니고 있었고 말이다.

"네."

경호원들은 고개를 끄덕거리고는 그들에게 다가갔다. 그
리고 그들을 내려다보면서 중얼거렸다.

"이 악물어라."

"끄아아악!

온 사방에서 비명 소리가 울려 퍼지기 시작했다.

⚖️

"감사합니다."

창우웬은 부들부들 떨면서 뒤를 돌아보았다. 완전히 널브
러진 청소부들.

"그런데 누구신지?"

"한국에서 왔습니다. 당신을 보호하기 위해서요."

"저를 보호하기 위해서라니요?"

"제가 더 설명할 필요가 있나요?"

"……."

없다. 자신은 청소부들에게 죽다 살아났다. 진짜로 5분만 늦었어도 자신은 콘크리트 드럼통 안에 있었을 것이다.

"도대체 왜 절 죽이려고 하는 겁니까?"

"아무래도 저쪽은 7년 전 사건에 관련된 사람들을 모조리 죽이고 싶은 모양이더군요."

"7년 전 사건이라니요?"

"모른 척하셔도 소용없습니다. 그날 운전하신 분은 당신이잖습니까?"

"……!"

창우웬은 입을 다물었다. 하지만 그의 머릿속에서는 수많은 생각들이 교차하고 있었다.

얼마 지나지 않아 그는 대충 이유를 알 수 있었다. 물론 진실과는 거리가 좀 있었지만 말이다.

'한국 경찰이 알았구나.'

그렇다면 이해가 간다. 만일 한국 경찰이 알아서 수사하려고 하는 거라면 저쪽에서는 그 사건을 덮어야 한다. 그러기 위해 가장 확실한 것은 뭘까? 그건 다름 아닌 청소다. 그 당시 사건 관련 자 전부를 지우는 것.

'이런 미친…….'

생각해 보면 자신을 노릴 이유가 그거 말고는 없다. 이용길의 말을 봐도 그렇다. 너는 너무 많이 알고 있다니.

"한국 경찰입니까?"

노형진은 고개를 흔들었다.

"아닙니다. 그냥 개인적으로 부탁받았다고 해 드리죠."

"개인적인 부탁……."

"어떻게 하실 겁니까?"

"네?"

"저들은 그냥 물러나지 않을 겁니다."

노형진은 창우웬에게 물었다. 그러자 그는 입을 다물었다.

'망할…….'

저들은 자신이 죽을 때까지 계속 사람을 보낼 것이다. 더군다나 저 청소부들은 아직 살아 있다. 그냥 둘 수도 없다.

"공안을 부를까요?"

방독면을 쓴 누군가의 말. 다른 말은 알아들을 수 없었지만 공안이라는 말은 알아들을 수 있었다.

'안 돼. 그러면 내 범죄가…….'

저들이 입을 열면 자신이 저지른 수많은 범죄가 드러난다.

"아…… 안 됩니다. 신고하면 우리까지 처벌받습니다."

"네?"

"왜요?"

"싸웠잖습니까?"

"저들이 먼저 납치 살인을 하려고 했잖습니까?"

"그래도 안 됩니다. 공안은 그런 변명이 먹히는 곳이 아닙니다."

노형진 역시 고개를 끄덕거린다.

"그 말이 맞아요. 그러니까 공안은 포기하세요."

중국인들이 왜 이렇게 보신주의자가 된 걸까? 그건 공안의 행동도 한몫한다.

그들은 수사하기보다는 쉽게 처리하려고 하는 경우가 많았는데, 그러다 보니 증인이나 신고자가 가해자라는 죄목을 뒤집어쓰고 처벌받는 경우가 흔했다. 그래서 사람들은 죄를 뒤집어쓸 가능성 대신 모른 척하는 걸 선택하게 된 것이다.

"하지만 그렇다고 그냥 둘 수도 없는데요?"

저들은 살아 있다. 그리고 그냥 두면 다시 돌아가서 창우웬을 노릴 것이다. 자신들이야 몰라서 못 노린다지만 말이다.

"그…… 부분은 제가 알아서 하겠습니다."

"네?"

노형진은 창우웬의 말에 그를 물끄러미 바라보았다.

"그 부분은 제가 아는 분들이 도와주실 겁니다."

"흠."

노형진은 잠시 그를 바라보았다. 그의 눈에는 절박함이 가득했다.

'하긴 풀어 줄 리 없겠군.'

풀어 주면 저들이 창우웬을 죽이려고 할 게 분명하다.

"알겠습니다. 일임하지요."

"감사합니다."

"하지만 사건 문제는 해결해야 할 텐데요?"

"지금 계시는 곳을 알려 주십시오. 내일 찾아가겠습니다."

노형진은 한 사람을 바라보았다. 다름 아닌 경호 팀의 리더인 정우찬이었다.

"이 사람이랑 같이 계십시오."

"알겠습니다."

온다고 하지만 그런 불확실한 약속을 믿을 노형진이 아니었다.

"내일 아침에 데리러 가겠습니다. 저항하면 사지를 뽑아서라도 끌고 가지요."

창우웬은 움찔했다. 무심하다 못해 차가운 눈빛이, 필요하다면 그렇게 할 것 같다는 생각이 들게 했다.

"먼저 가 계십시오."

"네."

노형진이 만일에 대비해 두 명을 더 남긴 덕에 세 명의 경호원들과 창우웬은 조용한 공장에 남겨졌다.

"이제 어떻게 할 거지?"

익숙하지 않은 중국어.

창우웬은 쓰러진 이길용의 품에서 핸드폰을 꺼내 어디론

가 전화를 했다. 그리고 그렇게 얼마나 지났을까?

"부우웅."

공장 터로 들어오는 몇 대의 차량들.

차량에서 내린 사람들은 창우웬 옆에 있는 세 사람을 보고 움찔했다. 창우웬은 혹시나 하는 마음에 손을 흔들었다.

"이분들은 아닙니다. 절 구해 주신 분입니다."

"음……."

"걱정하지 마십시오. 우려하는 일은 없을 겁니다."

슬슬 안으로 들어가는 사람들.

그들은 안에서 반쯤 기절한 청소부들을 데려다가 차에 태우기 시작했다. 몇몇이 반항하기는 했지만 그들은 순식간에 제압당했고 결국 한 명도 남김없이 끌려갔다.

"그, 저……."

그래도 혹시 모른다는 생각에 창우웬은 슬쩍 불안감이 들었다. 그런데 그의 귀에 들린 것은 정우찬의 차가운 목소리였다.

"중국에서 벌어진 일은 내 알 바 아니다. 우리 소관도 아니니 관심도 없다."

자신들과 관련 없는 일이니 무슨 일이 일어나든 상관없다는 말. 어찌 보면 중국식의 보신주의와 비슷했다.

하지만 그 말을 들은 창우웬은 자신도 모르게 부르르 떨었다.

'역시…… 뭔가 달라…….'

다른 사람들과는 다른 무심할 정도로 차가운 말 때문이었다.

다음 날, 창우웬은 노형진이 있는 호텔로 찾아갔다.

"그 사람들은 어떻게 되었습니까?"

창우웬은 슬쩍 노형진의 눈치를 살폈다. 말할 수가 없었다.

"적당히 처리했습니다."

"적당히?"

"네."

"적당히라니요?"

그런데 의외로 대신 대답한 것은 정우찬이었다.

"한국이 아니니 중국식 처리법을 따랐을 겁니다. 아마도요."

"아마도?"

노형진은 눈을 찌푸렸다. 하지만 더 이상 말하지는 않았다.

'하긴 내가 뭐라고 할 수 있는 것도 아니니 말이야.'

자신이 뭐라고 해도 중국인에게는 중국인으로서의 삶이 있다. 그것에 자신이 끼어들 수는 없다. 자신들에게 해가 된다면 모르지만 말이다.

"그나저나 어떤 분이기에 절 구해 주러 오신 건가요?"

창우웬은 서둘러 말을 돌리기 위해 물었고 노형진도 급한 건 청소부들이 아니었기에 창우웬에게 설명하기 시작했다.

"어제도 잠깐 이야기했지만 좀 더 자세하게 설명해 드리죠."

노형진은 창우웬에게 지금 한국에서 벌어지는 일을 이야기하기 시작했다. 물론 자신이 먼저 협박장을 보냈다는 건 쏙 빼고 말이다.

"그러니까 소씨 집안에서 소학림의 미래를 위해 문제가 될 만한 것을 정리하기 시작했다는 뜻인가요?"

"정확합니다."

창우웬은 입을 다물었다. 노형진은 혹시나 그가 속지 않았을까 하고 걱정했지만 다행히 그는 속아 넘어왔다

"하아, 그럴 거라고 생각했습니다."

"그렇습니까?"

"네."

그럴 수밖에 없는 게 창우웬은 그들의 해결사 노릇을 하면서 수많은 더러운 사건들을 처리하는 그들의 방식을 봐 왔다. 당연히 그들이 어떤 일을 어떤 식으로 처리하는지 잘 알고 있었다.

'그러고 보니 증인은 세 명뿐이잖아.'

그 사건에 대해 아는 사람은 딱 세 명뿐이다. 자신과 자신을 습격했다가 끌려간 이길용, 자신을 도와줬던 신참.

'길용이 녀석이야 워낙 신망이 두터우니…….'

그는 소씨 집안의 심복 중 한 명이니까 그렇다 해도 자신은 쫓겨난 사람이다. 당연히 보호하거나 지켜 줄 이유가 없다.

"그럼 웨이렁은 어떻게 되었습니까?"

"누구요?"

"웨이렁 말입니다."

노형진은 직감적으로 그 이름이 기억 속의 신참이라는 사실을 알아차렸다.

'내가 유일하게 이름을 모르는 사람이니까.'

노형진은 그걸 알아차리고는 짐짓 모른 척 고개를 흔들었다.

"아직 저희 쪽에서 못 찾았습니다."

"그런가요?"

"네, 흔적을 찾기 힘들더군요."

"하긴…… 그 녀석은 멍청한 녀석이 아니거든요."

창우웬은 심각한 얼굴이 되었다. 사실 웨이렁은 그날 이후 자신의 길이 아니라며 제 발로 걸어 나갔다.

'그러고 보니 그 녀석이 했던 말이 있지.'

분명 그때 그랬다, 팽 당하기 싫으면 조심하라고.

"아마 저쪽에서도 그 녀석을 엄청나게 찾고 있을 겁니다."

"그렇겠지요."

사실 증인인 창우웬이 있으니 노형진은 딱히 그가 필요하지는 않았다. 하지만 그다음 순간 그는 그대로 멈춰 버렸다.

"그 녀석이 증거도 가지고 있으니까……."

"네? 뭐라고요?"

증거라니 무슨 소리란 말인가?

"모르셨습니까?"

"네."

기억 속에 그가 증거를 챙기는 모습은 없었다.

하긴 그가 본 것은 시체를 버리는 장면뿐이지, 다른 장면은 없었으니까.

"어떤 증거인지는 모릅니다. 하지만 나가고 난 후에 우연히 만난 적이 있지요."

그는 조직에서 이탈한 뒤 한국에서 불법 노동자로 일하고 있다고 했다. 그런 그를 딱 한 번 만났는데 웨이렁은 그때 이렇게 말했다.

조심하라고, 그런 곳은 의리 없다고 말이다.

"그리고 자신도 그럴 때를 대비해서 비밀 카드를 챙겨서 나왔다고 하더군요. 하긴 그 녀석은 머리가 좋았어요. 마음이 약해서 그렇지."

노형진의 눈에서 빛이 번뜩거리기 시작했다.

⚖

"웨이렁은 한국에 있는 것 같습니다."

노형진은 부랴부랴 창우웬을 숨겨 놓고 한국으로 들어왔다.

아무래도 한국보다는 중국이 넓어 숨기기에는 더 편하다. 더군다나 저들은 경찰 쪽까지 선이 닿아 있는 녀석들이다 보니 재수 없으면 누가 CCTV로 확인하고 알려 줄 수도 있어서 재판이 있기 전까지 숨겨 주기로 했다.

물론 증언의 대가가 공짜는 아니지만 말이다.

"한국에요?"

어찌 되었건 웨이렁이라는 작자는 중국에 들어갔을 거라 생각했는데 한국에 있다니.

'이건 생각하지 못했는데?'

사실 창우웬을 잡기 위해 협박장을 날렸지만 협박의 거리가 될 만한 뭔가가 남았다는 생각은 하지 않았다. 그런데 웨이렁이라는 남자는 훨씬 더 벗어나면서도 그 증거를 몰래 챙겨 간 것이다.

'하긴 벗어난 것 자체가 똑똑하다는 증거겠지.'

그러니까 이 바닥이 정상이 아님을 알고 벗어났을 것이다.

"그런 그 증거가 있는지 아는 사람이 있습니까?"

"아닐 겁니다."

소씨 집안의 특성상 증거를 가지고 있다는 사실을 안다면 분명 보복할 것이다.

"하지만 웨이렁은 조용히 나왔다고 하더군요. 아마도 그런 증거가 있다는 사실을 알았다면 그걸 그냥 보내지는 않았겠지요. 문제는 그쪽도 이쪽도 웨이렁의 위치를 모른다는 겁니다."

창우웬의 경우에는 쫓겨난 후에 고향으로 돌아갔으니 찾

는 게 어렵지는 않다.

　하지만 웨이링의 경우는 한국에 남았다. 당연히 비자 역시 만료되었고 여권 역시 만료되었다. 그럼에도 불구하고 한국에서 강제 출국 기록이 없다는 건 불법으로 남아서 일하고 있을 가능성이 높다는 뜻이 된다.

　"그러면 어떻게 찾지요? 고 팀장, 찾을 수 있겠습니까?"

　고문학은 고개를 흔들었다.

　"사회적인 구조상 그렇게 숨어 버린 중국 불법 근로자를 찾는 건 불가능에 가깝습니다. 소씨 집안에서 중국인으로 킬러로 쓰는 데에는 다 이유가 있습니다."

　"끄응······."

　실제로 수많은 킬러들이 한국인들이 아닌 중국인들이다. 그들은 돈을 받고 입국해서 사건을 처리하고 난 후에 다시 출국한다. 하지만 유전자나 지문을 한국에 등록하지 않아 그들을 잡을 방법은 없었다.

　"젠장······ 노 변호사, 가능하겠나?"

　"이건 저도 방법이 없군요."

　노형진이 기억을 읽어 내는 것도 어느 정도 위치를 알아야 가능하다. 뜬금없이 그의 기억을 읽어서 어디 있는지 알아낼 수는 없다.

　"결국은 시간이 문제군요. 그가 증거를 가지고 있다면 누가 그를 찾아내는 것인지가 이 싸움을 결정할 겁니다."

노형진이 심각하게 말하자 송정한은 고개를 끄덕거렸다.

⚖️

"뭐라고?"

소명자는 자신에게 들어온 보고를 믿을 수가 없었다.

"용길이가 사라져?"

"네, 마담."

"창우웬은?"

"역시 사라졌습니다."

소명자는 침묵을 지켰다.

그렇게 얼마나 지났을까?

"그러면 다른 사람이 끼어든 흔적은 있어?"

"모르겠습니다. 애초에 비밀리에 움직였기에 우리한테 들
어온 마지막 보고는 창우웬을 잡았다고, 처리하고 바로 들어
오겠다는 말뿐이었습니다."

"그럼 뭔가 잘못되었다는 뜻이잖아?"

"아마도⋯⋯."

"다른 조직인가?"

그럴 가능성도 있다. 창우웬이 중국에서 다른 조직에 가입
해서 그 조직이 묻지도 않고 일단 공격한 것일 수도 있다.

"찾을 수 있겠어?"

"찾아야 보겠지만……."

하지만 중국에서의 처리 방식을 생각하면 그들이 살아 있을 가능성은 거의 제로에 가깝다.

"젠장……."

소명자는 직감적으로 일이 틀어지고 있다는 것을 느꼈다. 창우웬이 협박한 것도 이상하고, 이용길이 사라진 것도 이상하다.

"다른 한 명은 누구지?"

"네?"

"일 맡겼던 다른 놈 말이야."

"웨이렁 말씀이십니까?"

"그래, 그 녀석은 어디 있지?"

"글쎄요……. 저희도 잘 모릅니다, 마담. 자기 발로 나간 녀석이라서요."

"찾아."

"네?"

"찾아서 마무리 지어."

"알겠습니다."

부하는 더 이상 묻지 않았다. 모든 것은 그녀의 의지대로 행해져야 한다.

'뭔가 잘못되고 있어…….'

소명자의 마음 한구석에는 계속 찝찝함이 남아 있었다. 그리고 그건 그녀를 불안하게 만들었다.

과거의 증거

"단지?"

"네."

노형진은 새로운 정보를 얻기 위해 여러 가지 노력을 했는데 그 와중에서 생각지도 못한 정보가 걸렸다.

"그곳에서 나가려고 하면 단지를 해야 한답니다."

"무슨 쌍팔년도 방식입니까?"

"내보내고 싶지 않다는 뜻이지요."

새로운 정보는 다름 아닌 소원대출에서 나가는 조건이 스스로 자신의 새끼손가락을 잘라야 한다는 것이었다. 원래는 야쿠자들의 풍습인데 그걸 따라 할 줄은 생각지도 못했다.

"하지만 창우웬은 멀쩡하던데?"

"창우웬은 쫓겨난 거니까요."

그에 비해 웨이렁은 확실히 스스로 나갔다.

"음……."

노형진은 고민하는 얼굴이 되었다.

"노 변호사, 뭔가 알 것 같나?"

"조금요."

"조금?"

"네, 어쩌면 웨이렁을 찾을 수 있을지도 모르겠군요."

"어떻게?"

"손가락이 없다고 하잖습니까? 그러면 갈 수 있는 곳은 한정됩니다."

불법체류자들은 많다. 그리고 그들을 쓰는 곳도 많다.

"그리고 불법체류자를 쓰는 사장들은 뻔하다면 뻔하거든요."

그들이 착해서 그들을 쓸까? 아니면 그들이 불쌍해서?

아니다. 불법체류자를 쓰는 사장들은 돈 때문에 쓴다. 그런 그들이 손가락이 없는 사람을 쓸까? 그럴 리 없다.

"손가락이 없다는 건 사고의 위험성이 높아진다는 것을 뜻합니다."

"하지만 그게 아주 치명적인 건 아니지 않은가?"

"그렇지요. 하지만 그게 문제가 될 수 있다는 점을 생각해야 합니다. 만일 사고가 나서 병원으로 가게 되면 아무래도 불법체류자라는 게 알려져서 수사가 들어갑니다. 당연히 쓸 사람이 많은 그들로서는 굳이 장애를 가진 사람을 쓰지는 않겠지요."

"그런가?"

"네, 불법체류자를 쓰는 사람들은 기본적으로 극도로 이기적인 사람이니까요."

그렇지 않다면 놀고 있는 한국 사람을 두고 불법체류자를 골라서 쓸 이유가 없다.

"그러니까 공장 쪽은 빼도 됩니다."

"하지만 공장 말고 어디가 있는데?"

노형진은 고개를 흔들었다. 송정한 역시 다른 사람들처럼 고정관념에 빠져 있었다.

"송 대표님."

"응?"

"우리가 먹는 김치는 어느 나라 음식인가요?"

"그거야 한국 음식 아닌가?"

"그럼 식당에서 나오는 김치를 만든 사람은 누굴까요?"

"당연히 한국 사람 아닌가?"

"아닙니다. 중국 사람입니다."

"엥?"

어이가 없다는 표정을 짓는 송정한이었다. 한국에서 한국 식당에서 한국 음식을 시켜 먹는데 중국 사람이라니?

"우리나라 식당의 70%는 수입산 김치를 쓰고 있습니다.

그리고 그 수입산 김치의 최대 생산국은 한국이 아닌 중국이
죠. 막말로 한 해 김치 생산량을 보면 한국보다 중국이 더 많
을 겁니다."

"그 정도야?"

"심지어 한식당에서 한국인을 대상으로 파는데 중국 사람
이 요리하는 경우도 있습니다."

"헐."

"중국 인력은 생각보다 깊숙이 들어와 있습니다."

"음……."

송정한은 가만히 침묵을 지켰다.

"하여간 그런 상황에서 공장에서는 그런 사람을 쓸 이유가
없지요."

"그럼 다른 곳은 어디로 간단 말인가?"

식당은 아니다. 식당은 보통 여자들이 들어간다.

"아마도 제가 봐서는…… 농장일 가능성이 높습니다."

"농장?"

"네."

농장은 손가락이 하나쯤 없어도 일하는 데에 하등 지장이
없다. 더군다나 숙식을 해결하기에 딱 좋다. 보통은 방을 주
나까. 그리고 시골의 경우 경찰과 결탁한 경우가 많아 자리
를 잡고 일하면 모른 척해 주는 것이 보통이다.

"농장이라……."

확실히 농장이 가능성이 높기는 하다. 하지만 그를 찾는 것은 다른 문제다.

"어느 농장에 있단 말인가? 한국에 있는 농장이 한두 곳도 아니고."

"그런 것에 대해 잘 아는 사람을 한 명을 알지요. 다만 그가 절 도와줄지는 모르겠지만요."

"……?"

노형진의 말에 다들 고개를 갸웃할 수밖에 없었다.

⚖️

"뭐? 중국인들을 소개해 주는 곳을 알려 달라고?"

"네."

"장난해, 지금?"

개강구는 자신을 찾아온 노형진을 보면서 기가 막혀서 말이 안 나왔다.

"너 때문에 망했어, 이 새끼야!"

"엄밀하게 말하면 당신이 스스로 망하게 한 거죠. 누가 법 지키지 말라고 했습니까?"

개강구는 얼마 전 노형진과 싸운 사람으로, 불법적으로 개들을 번식시켜서 팔았던 녀석이다. 노형진의 어머니에게 아픈 개를 팔았다가 화가 난 노형진에 의해 말 그대로 폭삭 망했다.

"너 이 새끼, 진짜 뻔뻔하네."

개강구는 이를 빠드득 갈았다.

"좆 까. 내가 너한테 알려 줄 것 같아?"

그는 중국인들, 특히 불법체류자들을 고용해서 농장을 운영했다. 반대로 말하면 그런 녀석들을 소개시켜 주는 사람을 알고 있다는 뜻이다. 그들은 혹시나 경찰에게 걸릴까 봐 아무한테나 소개받고 움직이지 않는다.

"거절하실 거라 생각했습니다."

"알면서도 오다니, 너 진짜 뻔뻔하구나."

그는 이를 빠드득 갈았다. 노형진 때문에 그 사업을 접고 인력 사무소를 운영하고 있는 그의 입장에서는 노형진이 찾아오는 것 자체가 반가울 수가 없었다.

"그래요?"

물론 노형진은 그런 걸 모를 리 없다.

"그러고 보니까 말입니다."

"또 뭐!"

"비상구 쪽에 물건을 쌓아 놓으셨던데, 그거 위법인 거 아십니까?"

개강구의 얼굴이 새파랗게 변했다. 위법. 노형진이 그를 말 그대로 나락으로 떨어트릴 때 쓴 방법이었다.

"보니까 조선족 분들도 많이 보이던데, 근무 일지 같은 거 잘 쓰시죠?"

"젠장."

그럴 리가 있나. 기본적으로 죄다 착복이다.

그때 마지막 말이 들렸다. 그것은 개강구에게 마치 사신의 목소리 같았다.

"그러고 보니 요즘 알선 수수료가 20%쯤 된다면서요? 이야. 돈 놓고 돈 먹기네. 저도 해 볼까 봐요. 한 10%쯤 하면 사람들이 많이 올 것 같은데."

'망할.'

개강구는 나중에 알았다, 노형진이 어마어마한 부자라는 걸. 그런 그가 말려 죽일 각오를 하고 달려들면 자신은 얼마나 걸릴까? 1년? 2년?

"아오, 쫌! 그만해라! 나 마음 착하게 먹고 살고 있잖아!"

"내 알 바 아니죠."

그가 착하게 살든 말든 그건 노형진이 알 바 아니다. 그는 범죄자였고, 노형진의 경험상 범죄자들은 쉽게 바뀌지 않는다. 물론 자신과 부딪치지 않는 이상 굳이 건드리고 싶은 생각도 없지만 말이다.

"크윽…… 알았다, 알았어……."

그는 결국 메모장에 전화번호 하나를 적어서 노형진에게 건넸다.

"이거라면 어지간한 놈들은 다 찾을 수 있을 거다. 그리고 쫌 오지 마라."

"글쎄요. 그건 개강구 씨가 어떻게 하느냐에 따라서 달라
지겠군요. 후후후."

노형진의 말에 개강구는 얼굴만 찡그릴 뿐이었다.

"여긴가?"

개강구가 소개시켜 준 사람은 처음에는 거절했지만 노형
진의 설득과 돈, 반쯤은 협박에 못 이겨서 알아봐 주기 시작
했고 얼마 지나지 않아 웨이렁을 찾을 수 있었다. 오른쪽 손
가락이 잘린 사람이 흔하지 않기 때문이다.

"실례합니다."

노형진은 제법 커다란 농장 안으로 들어갔고 그곳에 있던
사람은 얼굴을 찌푸렸다.

"뭐야?"

'제대로 찾아왔군.'

노형진은 얼굴을 찌푸리는 그를 보면서 직감적으로 느꼈
다. 켕기는 게 없다면 그렇게 얼굴을 찌푸릴 이유가 없다.

"웨이렁이라는 사람을 찾아왔습니다만."

"그런 사람 없어."

"다 알고 왔습니다."

"없다니까!"

"그래요? 경찰과 동석해서 다른 분들한테 물어볼까요?"

꼬장꼬장해 보이는 노인은 얼굴을 찌푸렸다. 그럴 수밖에 없는 게, 여기서 일하는 대부분은 불법체류자라 저들이 추방당하는 정도가 아니라 자신까지 처벌받을 게 뻔하기 때문이다.

"그럼 바로 경찰을 부르지요. 이런 건 공식적으로 남겨야 하지 않겠습니까? 아아, 혹시나 내빼려고 하지 마세요. 이 주변에 다른 사람들 다 깔아 놨거든요."

웨이렁이 알면 도망갈 게 뻔하기에 노형진은 이미 모든 준비를 마친 상태였다. 그런데 그의 말에 노인은 짜증스럽게 말했다.

"진짜라니까. 없어. 정확하게는 안 나왔어. 아니, 얼마 전부터 그 새끼를 찾는 놈들이 왜 이렇게 많은 건지. 병신 새끼라도 싸기에 고용했더니, 염병."

"네?"

노형진은 등골이 오싹해졌다. 지금 이 순간 그를 찾는 사람이라고는 자신들 빼고는 한 명뿐이기 때문이다.

"그게 진짜입니까?"

"내가 거짓말해서 뭐하게. 귀찮게."

맞는 말이다. 그에게 있어 웨이렁은 도구나 마찬가지다. 그런 그를 위해 거짓말할 이유는 없다.

"언제 찾아왔나요?"

"어제였지, 아마?"

"그리고 오늘 안 나왔다?"

"그래."

"당신, 바보 아냐?"

수상한 사람들이 찾아와서 누군가를 찾고 그 후에 그가 안 나왔다면 뭔가 잘못된 것이다. 그런데 모른다니.

"내 알 바 아니지. 난 귀찮은 건 딱 질색이야."

노형진은 이를 악물었다.

"어디야!"

"어린놈이 어디다 대고 반말질이야! 나이도 어린 새끼가 반말하…… 헉."

그는 그다음 순간 말을 멈췄다. 그의 목에 칼이 들어와 있었다.

"묻는 말이 대답이나 해."

정우찬이 직감적으로 일이 글러 먹었다는 것을 알아차리고 바로 움직인 것이다.

"그…… 그…… 집을 알려 줬습니다……. 그 집 주소가……."

노형진은 주소를 받자마자 당장 주소지로 달려갔다. 그러나 그곳에 도착했을 때 보이는 것은 다 부서진 문뿐이었다.

"젠장."

노형진은 문을 열고 들어갔지만 여기저기 싸운 흔적만이 있을 뿐이었다.

"노 변호사님, 어떻게 할까요?"

"일단…… 기다려 보세요."

노인의 말로는 어제 알려 줬다고 했다. 그리고 여러 가지 흔적으로 봤을 때 납치된 시점은 얼마 되지 않았다.

'어쩌면 어디로 갔는지 알 수 있을지도 몰라.'

그는 이를 악물고 주변의 기억을 읽기 시작했다. 그리고 그의 눈앞에 펼쳐지는 장면들.

"웨이링!"

"으아악!"

"끌어내."

"살려 주세요! 살려 주세요!"

"시끄러워. 야, 빨리 끌어내! 주변에 시끄러워지기 전에!"

발버둥 치는 웨이링을 끌어내는 다섯 명의 남자들.

노형진은 그들의 대화에 집중했다.

"어떻게 할까요? 작업장으로 끌고 갈까요?"

"거기까지 갈 필요 있겠냐. 거리도 멀고. 이 근처에서 처리하자. 여기에도 작업장 못지않게 조용한 곳이 많네."

"그럼 어디로 갈까요?"

대장으로 보이는 녀석이 어느 산 방향으로 고개를 돌렸다.

"저기로 가자."

"네, 따꺼."

그들은 저항하는 웨이링의 입을 틀어막고는 그대로 봉고에 태우고 그곳으로 달리기 시작했다. 그리고 그게 기억의 끝이었다.

"노 변호사님?"

노형진이 갑자기 말이 없자 정우찬은 그를 불렀다. 그때 노형진이 눈을 번쩍 떴다.

"이쪽입니다."

"네?"

"아마도 이쪽으로 갔을 겁니다. 이곳에서 바로 보이고 사람이 없는 곳으로 갔을 가능성이 있으니까요."

노형진의 말에 사람들은 별 의심을 하지 않고 바로 움직이기 시작했다. 그리고 30분도 지나지 않아 산 아래에 도착할 수 있었다.

"노 변호사님."

그 와중엔 정우찬은 산 아래에서 서 있는 한 대의 봉고를 발견했다. 그곳에서는 한 남자가 운전석 옆에 서서 느긋하게 담배를 피우고 있었다.

"저겁니다."

노형진은 확신했다. 아까 기억 속에서 본 그 봉고였다.

"제압하세요."

"네."

노형진과 일행을 태운 SUV는 급가속해서 그 옆에 지나가는 듯 보였다. 그걸 본 감시자는 차를 피하기 위해 봉고 앞으로 갔다. 그 순간 노형진 팀은 급브레이크를 밟으면서 그 앞에서 멈췄다.

"뭐야?"

그걸 보고 직감적으로 이상하다고 느낀 감시자가 저항하려고 했다. 하지만 그보다는 정우찬이 더 빨랐다.

빠각.

"끄아아악!"

3단 봉에 다리가 부러지면서 앞으로 쓰러지는 남자.

노형진은 그런 그를 놔두고 언덕으로 달리기 시작했다.

"내버려 둬요! 어차피 어디 못 가요!"

양쪽 다리가 부러졌으니 그는 더 이상 도망가지 못할 것이라는 것을 안 노형진은 엄청난 속력으로 산을 뛰어올랐다.

"헉헉헉."

노형진의 숨이 턱까지 닿았지만 다른 경호 팀원들은 그런 노형진보다 훨씬 더 빠른 속력으로 산을 타고 있었다.

"막아!"

그 순간 들리는 소리.

고개를 들어 정상 쪽을 바라보니 허름한 옷을 입은 몇몇이 노형진과 경호 팀을 내려다보고 있었다. 아래에서 울려 퍼지는 비명 소리를 들은 것이다.

"저거 막아!"

"조져!"

"으아아!"

남은 세 명의 남자들은 쇠 파이프를 휘두르면서 달려들었다. 그중 한 명은 노형진에게 달려들면서 쇠 파이프를 휘둘렀다.

"죽어, 이 새끼야!"

하지만 노형진이 상대적으로 아래쪽에 있었기에 살짝 옆으로 피하는 것만으로도 그는 균형을 잃으면서 바닥으로 데굴데굴 굴렀다.

뿌드득.

"끄아악!"

뭔가 부러지는 소리가 났지만 노형진은 그를 돌아보지도 않고 위로 내달렸고 홀로 남은 대장은 이를 악물면서 칼을 꺼내 들었다.

"이 망할 한국 놈들, 오늘 모조리 죽여…… 끄아악!"

하지만 그의 말은 결국 끝까지 이어지지 못했다. 뒤에서 날아온 칼이 그의 허벅지를 파고들었기 때문이다. 노형진이 고개를 돌려 보니 정우찬이 칼을 던진 자세로 이쪽을 보고 있었다.

"노 변호사님, 어서 가세요."

노형진은 고개를 끄덕거리고는 위로 기어올랐다.

그렇게 쓰러져서 비명을 지르는 녀석의 뒤로 갔을 때 그의 얼굴에는 낭패의 기색이 어렸다.

"망할."

피거품을 토하면서 몸부림치는 웨이렁의 모습이 보였던 것이다.

"끄륵…… 끄륵……."

그가 피거품을 토하는 이유는 폐를 찔렸기 때문이다. 보통 킬러들은 사람을 확실하게 처리하기 위해 이 방법을 선호한다. 사람이 폐에 구멍이 나면 살 수 없다는 점을 노린 것이다.

"웨이렁!"

노형진은 그의 멱살을 잡고 들어 올렸다. 옷에 그의 피가 묻는 건 중요하지 않았다.

"증거! 소씨 일가의 증거, 어디 있어!"

"끄륵……."

"젠장."

하지만 폐에 구멍이 난 사람이 말할 수가 있을 리 없다. 기본적으로 말이라는 것도 날숨이니까.

'하는 수 없다.'

노형진은 이를 악물었다. 죽어 가는 사람에 대한 기억을 읽는 것은 위험하다. 그러다가 죽을 뻔한 적이 있으니까. 하지만 지금은 방법이 없었다.

"웨이링! 생각해! 증거! 소씨 일가에 대한 증거, 어디에 있냐고! 널 죽인 녀석들은 소씨 일가야! 알잖아!"

"끄륵…… 끄륵……."

웨이링의 기억이 빠르게 노형진에게 넘어오기 시작했다.

'어디냐…… 어디냐…….'

노형진은 그 수많은 주마등과 같은 기억 속에서 필요한 증거를 찾기 위해 정신을 더더욱 집중했다. 그러자 뭔가가 보이기 시작했다.

"찾았……."

그리고 어둠이 노형진을 집어삼켰다.

⚖️

"끄응……."

"괜찮으십니까?"

노형진은 눈을 뜨고는 주변을 살폈다.

"여기는?"

"차 안입니다."

"차 안?"

그리고 보니 SUV의 뒷좌석에 누워 있었다.

"시간이 얼마나 지난 겁니까?"

"두 시간 정도 지났습니다."

"두 시간……."

노형진은 머리를 붙잡고 힘겹게 일어났다. 온몸이 마치 죽은 것처럼 축 늘어져 있었다.

'끙…… 당분간 꼼짝도 못 하겠군.'

죽음에 대한 정신적 충격은 상상 이상으로 강해 노형진은 눈을 찌푸릴 수밖에 없었다. 몸에까지 영향을 주기 때문이다.

'그래도 하던 일은 끝내야지.'

노형진은 힘겹게 일어나서 차 바깥으로 나왔다. 그런데 그의 눈에 들어온 것은 경찰들이 바글거리는 웨이링의 집이었다.

"주변에서 신고했나 봅니다."

"어쩔 수 없지요. 차라리 잘된 겁니다."

웨이링을 납치해 죽인 놈들을 자신들이 잡은 이상 이 사건이 조용히 넘어가기는 글렀으니까.

"그나저나 증거를 결국 찾지 못했군요."

정우찬는 무심하게 말했다.

"아니요. 찾았습니다."

"네? 하지만 웨이링은 죽었습니다."

"죽기 전에 말해 주더군요."

정우찬는 더 이상 묻지 않았다. 그는 그런 게 딱 질색이었다.

"그럼 그건 어디 있나요?"

"일단 저 안으로 들어가야지요."

노형진은 정우찬의 부축을 받으면서 집으로 들어가려고 했다. 그때 그런 노형진을 경찰이 막았다.

　　"여기는 범죄 현장입니다."

　　"압니다. 하지만 전 변호사이고 여기에 의뢰인에게 필요한 중요한 증거가 있습니다."

　　"중요한 증거?"

　　"네."

　　"하지만 증거로 볼 만한 건 없던데요?"

　　"있습니다. 그걸 찾는 데에 협조를 좀 해 주십시오."

　　경찰은 잠시 고민하다가 고개를 끄덕거렸다.

　　노형진은 조심스럽게 안으로 들어갔다. 그런데 그가 간 곳은 아무도 신경 쓰지 않는 냉장고 방향이었다.

　　"거기는 오래된 음식물밖에 없던데요?"

　　"아닙니다."

　　노형진은 부축하던 손에서 벗어나 냉장고의 냉동실을 열었다. 그리고 그 안에 있는 수많은 검은색 봉투들을 일일이 열어 보면서 내용물을 확인하기 시작했다.

　　얼마나 지났을까?

　　"찾았습니다."

　　노형진이 꺼낸 것은 다름 아닌 유리로 된 그릇이었다.

　　"그거야 흔한 거 아닙니까?"

　　경찰은 고개를 갸웃했다. 수많은 가정에서 그런 식으로 음식물을 보관하기 때문이다.

"그릇이야 흔하지요. 하지만 이 안에 있는 건 그렇지 않습니다."

노형진은 유리로 된 그릇을 열자 그 안에서 나온 것은 음식이 아닌 한 장의 천 뭉치였다. 그리고 그걸 본 경찰은 더더욱 고개를 갸웃할 수밖에 없었다.

"팬티잖습니까, 그거?"

"네, 팬티죠."

팬티였다.

이 모든 사건의 시작. 현장에서 사라진 하나의 물건.

그리고 이 사건이 세상에 드러나게 만든 증거품.

"잡았다, 이 개자식아."

노형진은 이를 빠드득 갈았다.

⚖

며칠 뒤.

"엄마! 엄마! 살려 줘! 엄마!"

소학림은 경찰에게 끌려가면서 애타게 자신의 엄마를 불렀다.

"학림아, 기다려. 엄마가 금방 꺼내 줄게. 내가 무슨 수를 써서라도 꺼내 줄게!"

"엄마! 엄마!"

소학림은 절규하고 있었다. 7년이나 지난 사건이 자신을 붙잡을 거라고는 생각하지 못했던 것이다.

"걱정하지 마! 내가 꼭 꺼내 줄게! 학림아! 학림아!"

하지만 경찰은 그런 소명자의 말을 무시한 채로 소학림을 끌고 가 버렸다. 그리고 그런 소명자의 뒤에서 노형진의 비아냥거림이 들려왔다.

"그렇게 쉽게 꺼내지는 못할 텐데요?"

소명자는 표독스러운 표정으로 노형진을 바라보았다.

"지금 그걸 말이라고 하는 거야? 고작 변호사 나부랭이 주제에?"

"좀 큰 나부랭이군요."

노형진은 그런 소명자를 바라보면서 비웃음을 날렸다.

"아마 아드님을 빼 오는 건 힘들 겁니다."

그럴 수밖에 없다. 창우웬이 자신을 죽이려고 한 보복으로 증언하기로 결심했다. 물론 그 뒷면에는 노형진이 약속한 보상도 있기는 하지만 말이다.

결정적으로 그에게 남은 증거가 너무나 명확했다. 그 당시 희생자와 브래지어와 세트인 팬티. 그리고 그 팬티에서 나온 희생자의 유전자와 소학림의 정액. 거기에 창우웬의 증언까지 더하면 소학림은 아마 상당히 오랜 기간 동안 나오지 못할 것이다.

"이 망할 조선 놈 같으니라고."

소명자는 이빨을 빠드득 갈았다. 자신이 금이야 옥이야 키웠고, 미래의 자신의 제국을 이어받아야 하는 아이다. 그런데 그런 아이가 조선 계집 하나 건드렸다고 끌려갔다.

"너, 지금 누구를 건드린 건지 알아?"

"알지요."

노형진은 소명자를 똑바로 바라보았다. 이 싸움에 나서면서부터 각오했던 일이다.

"너무나 잘 압니다. 그리고 그쪽에서 어떻게 나올 건지도 말이지요."

노형진은 소명자에게 다가가서 똑바로 노려보면서 그녀에게) 나지막하게 말했다.

"전쟁을 원하신다면 기꺼이 응해 드리지요."

예나 지금이나 돈과 권력을 사람을 찍어 누르는 녀석들을 노형진은 용서하고 싶은 생각이 없었다.

"하지만 말입니다."

노형진은 소명자의 귀에 작게 뭔가를 중얼거렸다.

"옛말에 이런 말이 있지요. 복수하려면 무덤을 두 개 파라. 과연 저와 싸울 능력이 되실지 모르겠군요."

소명자는 표독스러운 눈빛으로 노형진을 노려보았다. 하지만 노형진은 그에 비웃음으로 답할 뿐이었다.

사람 한번 죽여 볼 만하다

　사람은 살다 보면 진심으로 화가 나거나 열 받는 경우를 겪게 된다. 그럴 때는 그 화를 어떻게든 풀고 싶은 것이 정상이다.

　"실례합니다."

　노형진은 고개를 빼꼼 내미는 사람을 보면서 고개를 갸웃했다.

　"성 변호사님? 어쩐 일이십니까?"

　"아, 뭐 좀 여쭤 보려고요. 시간이 되시나요?"

　"저야 뭐 언제든지요."

　노형진이 고개를 끄덕거리자 그는 안으로 들어와서는 자리를 잡고 앉았다.

　"그런데 어쩐 일이신가요?"

“아, 사실은 할 얘기가 있어서요.”

“얘기요?”

노형진은 고개를 갸웃했다.

그는 소시민적인 사건을 해결하는 변호사가 되고 싶어 하는 사람이라 그런 쪽 사건을 많이 하기 때문이다.

‘솔직히 나와는 접점이 없기는 한데.’

아무래도 소시민적 사건들은 복잡한 편이 아니다 보니 복잡한 사건들을 전문적으로 해결하는 노형진은 그와 함께 일할 기회가 별로 없었다.

“그냥 오신 건 아닐 테고. 도움이 필요하십니까?”

“네, 역시 눈치가 빠르시네요.”

“아니 뭐, 제가 여기서 하는 일이 있으니까요.”

워낙 사건이 많다 보니 정신없이 바쁜 것은 누구나 다 아는 사실이니 쓸데없이 잡담하려고 노형진을 만나러 오지는 않았을 것이다.

“사실은 도움이 좀 필요합니다.”

“도움요? 수임 사건인가요?”

“그건 아닙니다만. 일단 이걸 좀 보십시오.”

“뭔데요?”

노형진에게 인터넷을 보여 주는 성관중 변호사.

그걸 본 노형진은 기가 막혀서 반문 아닌 반문을 할 수밖에 없었다.

"사람 한번 죽여 볼 만하다?"

일종의 개인 홈페이지로 보이는 곳에 있는 문구를 보면서 노형진은 눈을 의심했다. 사람을 죽여 볼 만하다니?

'미친놈인가?'

사람은 죽여 볼 만한 대상이 아니다. 정상적인 인간이라면 짐승을 죽여도 죄책감에 고통스러워하는 게 정상이다. 그런데 사람 한번 죽여 볼 만하다니?

"이게 뭡니까?"

"부끄럽지만 우리 고향에서 일어난 사건입니다."

"고향에서요?"

"네."

"미친놈입니까?"

"그것보다 더하죠."

성관중 변호사는 씁쓸한 얼굴로 사정을 이야기하기 시작했다. 그러자 노형진은 얼굴을 찌푸릴 수밖에 없었다.

"4호 처분요?"

"네."

"그게 사실입니까?"

"사실입니다."

"허…… 기가 막히는군요."

성관중의 말에 따르면 고향에서는 벌어진 살인 사건이란다. 홍상인이라는 아이가 최원익이라는 아이에게 맞아 죽은 사건.

"그런데 4호 처분이라고요?"

"네."

"기가 막히는군요."

4호 처분은 소년법상 처벌하는 것이다.

미성년자의 경우 가정법원에서 죄를 판단하며, 그 경우는 정식 재판이 아니기 때문에 몇 년 형과 같은 식이 아닌 1호부터 10호까지로 처벌을 규정하고 그중 하나를 선택하게 되어 있다. 물론 강력 범죄는 형사재판으로 진행하는 게 정상이다.

"그런데 4호 처분이라고요?"

"네."

"뭔가 잘못된 거 아닙니까?"

1호 처분은 감호 위탁이고 제일 강한 10호 처분은 소년원 2년 수감이다. 그리고 그 기록은 전과로 남지 않는다. 그러니 실질적으로 처벌로서 의미가 있는 것은 9호와 10호뿐이다. 나머지는 아예 감옥에 가지 않으니까.

그리고 4호 처분은 단기 보호관찰 1년, 그러니까 가끔 경찰이 와서 잘 있는지 확인하는 수준이다.

"살인이라면서요?"

살인 방조나 왕따 같은 살인 유도 행위가 아닌 명백하게 살인이라고 했다. 그런데 4호 처분이라니?

"그게 말이죠."

성관중은 부끄러운 얼굴이 되었다.

"그 녀석 아버지가 고향에서 엄청난 지역 유지입니다. 막 말로 그 녀석 아버지의 땅을 밟지 않고는 바깥으로 못 나간 다고들 하죠."

"허?"

그렇다는 건 간단하다. 경찰과 검찰, 법원까지 나서서 사 건을 은폐하고 덮어 줬다는 것이다.

"그런 게 가능합니까?"

"지방은 가능합니다. 부끄럽습니다만."

성관중은 진짜 부끄러운 얼굴이 되었다. 자신의 고향을 더 럽히고 싶지는 않았다. 하지만 아닌 건 아니었다.

"더군다나 피해자가 자식 같은 놈이라."

"아…… 피해자와 아는 사이셨습니까?"

"정확하게는…… 피해자 아버지와 동창입니다."

"아……."

그러고 보니 성관중의 자녀가 지금쯤 이 정도 나이라고 들 었던 것 같다. 노형진은 고개를 끄덕거렸다.

'지난번에는 송 변호사님이 사건을 가지고 오더니.'

이번에는 성관중 변호사가 가지고 온 것이다. 뭐, 누가 가 지고 오든 상관없지만 말이다.

"그런데 도대체 어떻게 이런 일이 일어난 겁니까?"

"하아, 그게……."

성관중의 말에 따르면 경찰과 검찰, 법원까지 나서서 짠

데다가 공탁을 걸어 버렸다고 한다.

"네? 공탁요?"

"네, 2억 정도. 그 사람의 입장에서는 2억은 돈도 아니거든요."

"끄응……."

공탁이라는 것은 쉽게 말해 범죄에 대해 사과하면서 일정 부분 배상하기 위해 노력하겠다는 뜻으로 법원에 맡기는 돈이다. 쉽게 말해서 합의금이랄까?

'망할 공탁 같으니라고.'

하지만 노형진은 공탁을 좋아하지 않는다. 좋아할 수가 없다. 특히 형사 공탁 같은 경우는 더더욱 싫어한다.

"저쪽에서 머리를 썼군요."

"그 동네에서만 수백억 자산을 만드는데 바르게 살았겠습니까? 주변에 사기란 사기는 다 치고 다녔는데요."

형사 공탁의 문제는 간단하다. 돈을 법원에 맡기면 재판부는 그걸 이유로 무조건 선처를 때려 버린다. 수준마다 다르지만 일단 '공탁 = 선처'라는 식이다.

'다른 건 몰라도 형사 공탁은 없애야 하는데.'

심지어 노형진은 경험상 폭행 사건에 500만 원 공탁을 건녀석도 봤다. 반병신이 되도록 패서 병원비가 2천만 원이 넘게 나왔는데 공탁을 걸었다는 이유로 집행유예가 나왔다.

"그래서 제대로 처벌받지 못했다는 거군요."

"네, 그리고 공탁금도 받지 못했습니다."

"네? 왜요?"

"그게…… 변호사도 한통속이었습니다."

"끄응…….."

노형진은 얼굴을 찌푸렸다. 그런 변호사들이 있다, 양심은 팔아먹은 채로 돈 있는 놈만 따라다니는.

"공탁금 회수 동의서를 써 줬군요."

"네."

공탁금 회수 동의서란 쉽게 말해 '나는 그 공탁금을 받을 의사가 없으니 다시 찾아가도 무방하다. 내가 요구하는 것은 강력한 처벌이다.'라는 뜻을 전달하는 서류다.

"망할 놈 같으니라고."

문제는 이게 약점이 될 수도 있다는 것이다.

지금 같은 경우 그걸 제출하면 법원에서는 강하게 처벌해야 하는데 공탁금을 걸었다는 이유 하나로 일단 선처한다고 형량을 낮게 잡아 주고 난 뒤 슬쩍 공탁금 회수 동의서를 핑계로 상대방이 찾아갈 수 있게 하는 것이다.

원래대로라면 안 되지만 제출 날짜만 잘 맞추면 그게 가능하다. 가령 판결 직전에 제출하면 가능하다. 그건 판결의 필수 요소가 아니니까.

"결국 손해배상은 받지도 못한 데다 공탁금은 홀랑 그쪽에 빼앗겼습니다."

"손해배상도 못 받았다고요?"

"일단 그쪽 동네에서 최강수라고 하면 두 손 두 발을 다 듭니다. 거기서 찍히면 아무것도 못 하거든요. 이런 말 하면 어이가 없겠지만 그 동네의 변호사의 절반은 최강수 그 인간 건물에 세 들어 살고 있습니다."

노형진은 얼굴을 찌푸렸다.

'지방이 그런 게 심하기는 하지.'

그렇다면 제대로 배상도 못 받는다.

하긴 애초에 변호사가 접근해서 공탁 회수 동의서를 쓰도록 할 정도면 이만저만한 파워가 있는 게 아니.

"도와주지 그러셨어요?"

"그때는 변호사가 아니었던지라……."

머리를 머쓱하게 긁는 성관중 변호사.

"그리고 친구 녀석이 원하는 건 하나뿐입니다. 복수죠."

"하긴."

손해배상에 엄청나게 인색한 대한민국에서 잘해 봐야 그 손해배상액은 4~5억 수준. 수백억을 가진 그에게 있어 별 가치가 없는 돈일 것이다.

"그래서 고민하다가 이렇게 부탁드리는 겁니다."

"음……."

확실히 성관중 변호사의 능력으로는 한계가 있을 수밖에 없는 사건이다.

"그래서 복수하시고 싶은 거죠?"

"네, 친구는 돈이 필요한 게 아닙니다. 복수죠."

"하지만 사적인 복수는 우리나라에서 법으로 금지되어 있습니다."

"압니다. 그래서 노 변호사님을 찾아온 겁니다. 죄송하지만요."

성관중 변호사의 말에 따르면 친구 녀석은 호시탐탐 기회를 노리고 있단다. 그 말인즉슨, 기회만 된다면 두 놈을 죽여버릴 생각이라는 것.

"친구가 살인자가 되는 것을 그냥 두고 볼 수는 없어서요."

"그렇지요."

노형진은 피해자가 가해자가 되는 것을 보는 것을 원하지는 않는다. 그래서 이번에는 그를 도와주기로 했다.

"하지만 원하는 만큼은 안 될 수도 있습니다."

"압니다. 그래도 친구 녀석의 마음을 조금이라도 달래 줄 수만 있다면……."

"그렇다면 제가 한번 그 사건을 보도록 하지요."

노형진은 마음을 굳히고는 고개를 끄덕거렸다.

⚖️

"저 녀석을 죽이기 전에는 내 마음이 안 풀려."

성관중의 친구인 홍태호는 분노를 삼키면서 이를 바득바
득 갈았다.

　　"내 자식이 그놈 때문에 죽었어! 그런데 그 녀석은 떵떵거
리면서 잘 살고 있다고!"

　　"이보게, 친구. 그래도 자네가 같이 죽을 수는 없지 않나?"

　　"어차피 이 세상에 미련도 없어!"

　　"그러면 제수씨는 어쩌고?"

　　"그 사람도 사는 게 사는 게 아니잖나."

　　"진정하게. 그러니까 우리가 온 거 아냐."

　　홍태호를 말리는 성관중. 노형진 역시 그런 그를 진정시키
려고 노력했다.

　　"진정하세요. 복수한다고 세상이 바뀌지는 않습니다."

　　"내가 바뀌는 걸 원하는 게 아니잖습니까!"

　　"그래도 안 됩니다. 억울하겠지만요."

　　우리나라는 보복 범죄를 더욱 강력하게 처벌한다. 웃긴 건
가해자 보복 범죄보다 피해자 보복 범죄를 더 강력하게 처벌
하는 경향이 있다는 점이다. 가령 가해자가 피해자에게 신고
했다고 보복하는 것보다 피해자가 가해자에게 보복하는 게
더 처벌이 강하다. 가해자의 보복은 그냥 보복일 뿐이지만
피해자의 보복은 사법권의 도전으로 받아들이기 때문이다.

　　"진정하세요. 저희가 도와 드릴 겁니다."

　　"무슨 수로요! 그 녀석은 떵떵거리면서 잘 살고 있단 말입

니다!"

가해자인 최원익은 이제 성인이 되었다. 그는 멀쩡하게 대학에 다니면서 행복한 삶을 살아가고 있었다. 그의 손에 맞아 죽은 자신의 아들과 다르게 말이다.

"압니다. 하지만 제가 볼 때는 뭔가 다릅니다."

"네?"

"그 녀석에게는 그것만 있지 않을 것 같습니다."

"그것만 있지 않다니요?"

"사람들은 하나만 보고 그 외의 것은 보지 못하거든요, 가끔은."

"그게 무슨 말씀이십니까?"

노형진은 뭔가를 꺼내서 그들에게 건넸다.

"오기 전에 제가 고 팀장님에게 부탁해서 알아본 겁니다."

노형진이 건넨 것은 다름 아닌 가족 관계 명부였다.

"그게 저랑 무슨 관계입니까?"

홍태호는 분노하고 있었다.

'하지만……'

노형진은 그 녀석의 홈페이지에 있던 말이 내심 걸렸다.

'사람 한번 죽여 볼 만하다.'

다른 사람들은 단순히 반성이라고는 안 하는 그런 성격이라고 판단하는 것 같았지만 미국에서의 기억이 있는 노형진의 입장에서는 단순히 그런 성격이 아닐 가능성이 높았다.

"사이코패스라고 아십니까?"

"네?"

"사이코패스?"

노형진의 말에 두 사람은 고개를 갸웃했다. 성관중은 그게 지금 무슨 소리인지 모르겠다는 얼굴이었고 홍태호는 사이코패스가 뭔지 모른다는 얼굴이었다.

'하긴, 아직 사이코패스라는 단어가 별로 사용될 때는 아니지.'

몇 년 후 동시 다발적으로 수많은 범죄들이 일어나면서 '사이코패스'라는 용어가 사람들에게 알려지지만 지금은 많은 사람들이 그게 뭔지도 모르는 시점이다.

"사이코패스란 정신적으로 이상이 있는 녀석들입니다. 태생적으로 공감 능력도 없고 나쁜 게 왜 나쁜 건지도 모르죠."

"그런가요?"

"그거랑 이 사건이랑 무슨 관계가 있다는 거요?"

화를 내는 홍태호. 노형진은 그런 그를 진정시켰다.

"일단 제 말을 들어 보세요. 사이코패스는 소시오패스와 다릅니다. 소시오패스는 양심이라는 게 없는 쪽에 가깝습니다. 즉, 목적만 제대로 설정해 준다면 가장 강력한 무기가 될 수도 있지요."

성관중은 고개를 끄덕거렸다. 소시오패스로 만들어진 경호 팀을 운영하는 새론이다. 그걸 모를 리 없다.

"그에 반해 사이코패스는 통제가 안 됩니다. 그들은 인간을 이해하지 못해요. 그들에게 인간이란 개미와 동일한 존재입니다."

"그래서요?"

"제가 봐서는 최원익 그 녀석은 사이코패스일 가능성이 높습니다."

"네?"

"뭐라고요?"

노형진의 말에 깜짝 놀라는 그들.

하지만 노형진이 봤을 때 그가 사이코패스일 가능성은 생각보다 높은 편이었다. 아니, 아주 높았다.

"어떤 면에서요?"

"그가 쓴 글이 대표적인 예입니다."

"네?"

"사람 한번 죽여 볼 만하다."

홍태호의 얼굴이 사정없이 일그러졌다. 그게 무슨 뜻인지 모를 리 없기 때문이다.

그런 홍태호를 진정시키면서 성관중은 노형진에게 이유를 물었다.

"그게 왜 사이코패스라는 증거라는 겁니까? 한낱 문장일 뿐인데요."

"정상적인 사람이라면 쓰겠습니까?"

"음……."

쓸 리 없다. 쓸 수 있을 리가 없다. 그게 자신을 평생 조일 족쇄라는 걸 알기 때문이다. 일반적인 사람은 전쟁터에서 어쩔 수 없이 사람을 죽이는 것도 고통스러워한다.

"하지만 사이코패스는 왜 그게 나쁜 짓인지 모릅니다. 그러니 다른 사람들이 살인이라는 것을 어떻게 받아들이는지도 모르지요."

"……."

그렇다면 사람 한번 죽여 볼 만하다는 문장의 뜻은 자랑하거나 자신을 드러내기 위해 쓴 것이 아닌 진짜로 남을 이해하지 못해 마치 일기 쓰듯이 썼다는 뜻이 된다.

"이런 미친……."

성관중은 갑자기 닥치는 엄청난 오한에 부르르 떨었다.

"그런 게 말이 됩니까?"

"됩니다. 실제로도 그런 놈들은 많습니다. 다만 알려지지 않았을 뿐이지요."

한국은 이런 사건은 쉬쉬하는 경향이 있다. 그래서 연쇄 살인 사건이 일어나도 그다지 알려지지 않는다.

하지만 미국은 다르다. 인간도 많은 만큼 미친놈도 많다 보니 연쇄 살인범도 많다.

'비슷해.'

노형진이 최원익을 사이코패스라고 생각한 것은 그 이유

때문인 것도 있다. 자신이 겪었던 수많은 사건에 등장하는 다수의 사이코패스들. 그들과 비슷한 성향을 보이고 있었던 것이다.

"그리고 특이한 점이 있더군요."

"네?"

"고 팀장님이 자료를 가지고 왔는데 거기에 보니 동생이 하나 있었는데 죽었더군요."

"네."

"엄마도 죽었고요."

"네, 그래서 완전 금이야 옥이야 키웠죠. 그래서 안하무인이 된 겁니다."

하지만 노형진은 고개를 흔들었다.

"금이야 옥이야 키워서 안하무인인 것과 자신의 손으로 누군가를 죽이는 건 전혀 다른 겁니다."

그런 녀석들은 다른 사람들에게 시켜서 죽일 수는 있을지 언정 정작 직접 죽이지는 못한다. 금이야 옥이야 키워서 경험이 없기 때문이다.

"그런데 최원익은 그게 아니죠. 직접 손을 썼습니다."

부검 기록에 따르면 얼마나 두들겨 팼는지 폐의 3분의 2가 부서지고 뼈가 멀쩡한 곳이 없을 정도라고 했다.

"그건 정상적인 상황이 아닙니다. 더군다나 경험이 없다면요."

"경험이 없다니요?"

"사이코패스들 중 상당수가 연쇄 살인범이 됩니다."

성관중과 홍태호는 자신도 모르게 부르르 떨었다.

연쇄 살인범. 그건 누구도 생각하지 못했던 일이었다. 물론 노형진도 처음부터 이상한 건 아니었다.

'하지만 그 말은 영…… 찝찝했단 말이지.'

사람 한번 죽여 볼 만하다는 그 문장. 그것 때문에 노형진은 그에 대해서 알아보았다가 두 가지 사실을 알 수 있었다.

바로 동생과 어머니가 죽었다는 것.

"그럼 희생자가 더 있다는 겁니까?"

성관중은 말도 안 된다는 듯 묻자 노형진은 고개를 끄덕거렸다.

"아마도…… 제 생각에는 동생이 첫 번째 희생자가 아닐까 합니다."

"네?"

"동생?"

"네, 기록에 따르면 그럴 가능성이 높습니다."

최원익이 동생을 본 나이는 초등학교 2학년 때였다. 그 후 그 동생은 집 안에 들어온 들개에 물려서 죽었다.

"도대체 왜요?"

"사이코패스는 혈육의 정이라는 것을 잘 느끼지 못합니다. 특히 증상이 심할수록 더하죠."

"하지만 초등학교 3학년 때 죽었다고 되어 있는데요?"

"그 나이 때면 증상이 발발할 때입니다. 정확하게는 작전을 짤 정도로 머리가 굴러갈 때인 거죠."

"동생이 위협되는 것도 아니잖습니까! 고작 한 살짜리인데."

"사이코패스는 위협으로 판단하지 않습니다. 이득으로 판단하죠."

한 살짜리 동생. 그리고 다 큰 형.

그 경우 벌어질 일은 너무나도 당연하다. 부모의 사랑이 동생에게 쏠리게 된다. 멀쩡한 아이들 사이에서도 그 경우 질투 때문에 동생을 괴롭히기도 하는 게 현실이다. 그런데 사이코패스는 어떻겠는가?

지금까지 독차지하던 사랑이 동생에게 쏠리게 되면 사이코패스의 입장에서는 그 녀석이 좋을 수가 없다.

"그런……."

"아마 맞을 겁니다. 사건 기록을 보면 허점이 이만저만 많은 게 아니더군요."

사건 기록은 간략했다. 떠돌이 개가 집에 들어와서 공격해 아이가 죽었다. 그런데 떠돌이 개가 이유 없이 남의 집에 들어올 리 없다. 도리어 떠돌이 개는 경계심이 심해 사람들의 집에 잘 들어오지 않는다. 더군다나 고작 한 살짜리 아이가 때마침 마당에 있었다는 것도 이해가 가지 않는다.

그리고 개들은 본능적으로 아이들에 대해서 경계심을 푼

다. 실제로 외국에서는 떠돌이 개들이 도리어 버려진 아이들을 구했다는 이야기도 있다.

'그런데 마치 기다렸다는 듯이 공격해서 아이를 죽였단 말이지.'

그건 일반적인 개의 성격을 봐서는 맞지 않는 일이다.

"하지만 결국 그 사건은 개를 사살하는 걸로 끝났지요."

살인도 아니고 개가 물어 죽였으니 결국 남은 것은 도살뿐.

"그 후에 문제입니다. 어머니가 중학교 1학년 때 죽었더군요. 사고로 말입니다."

"설마 엄마도 죽었다는 겁니까?"

"중학교 1학년은 부모와의 갈등이 점점 커질 때입니다. 특히 매일같이 붙어 있는 어머니란 존재와의 갈등이 커지기 시작하지요."

"……."

맞는 말이다. 그때가 사춘기의 시작이라고 볼 수 있다. 오죽하면 '중2병'이라는 말까지 생기겠는가? 중 1부터 시작하는 반항기 때문이다.

"사망 사유는 계단에서 넘어져 목이 부러져서."

"……."

"그런데 보다 보니 재미있는 게 있더군요."

"재미있는 거라니요?"

"그 당시 다니던 학교가 집에서 걸어서 10분 거리라는 겁니다. 그리고 참 얄궂게도 어머니의 사망 시간이 점심시간이 군요."

"……!"

충격을 받아 침묵을 지키는 두 사람.

특히 성관중은 더 할 말이 없었다. 그럴 수밖에 없는 게 그 말인즉슨 자기 부모도 죽인 놈이라는 뜻이기 때문이다.

"하지만 그렇다고 해서 그 녀석이 죽였다고는……."

"압니다. 사건에는 사고로 처리되었지요."

물론 경찰도 수사하긴 했을 것이다. 하지만 설마 아이가 엄마를 죽였겠냐는 생각과 아이가 중학생인 만큼 그 시간에 는 학교에 있었을 거라는 생각이 맞물려 아예 용의자에서 벗 어난 것이다.

"물론 점심은 같이 먹었겠지요."

중학교의 점심시간은 대략 한 시간, 점심 먹는 데에 15분, 그 후에 걸어서 10분이 걸리는 것을 감안한다면 뛰어가는 데 에 대략 5분, 살인하는 데에 5분, 다시 돌아가는 데에 5분을 잡을 경우 최원익은 살인을 마치고 집에 무사히 돌아갈 수 있게 된다.

"그리고 그 정도 시간은 아이들에게는 계속 있었다고 할 만한 이유가 되지요."

그 정도는 그냥 잠깐 화장실 다녀온 셈치면 맞아떨어지는 시간이다. 더군다나 아들이 부모를 죽이고 와서 친구들과 태연하게 어울리는 것은 일반인은 상상도 못 할 일이니 말이다.

"음……."

성관중은 놀랐다. 최원익이 써 둔 문장 하나에서 이 모든 것을 유추해 낼 것이라고는 생각도 못했던 것이다.

"제가 봐서는 아마 '사람 한번 죽여 볼 만하다.'라는 단어는 일종의 재미를 위한 예고일 겁니다."

"예고요?"

"네."

단순히 욕먹는다고 그만둘 녀석도 아니다. 애초에 욕먹으면서도 그 글을 지우지 않고 있다.

"크흠……."

복수한다고 이를 빠드득 갈던 홍태호조차 노형진의 말에 숨을 삼킬 정도로 충격적인 말.

"아마도 그 녀석을 잡으려면 홍태호 씨처럼 죽이겠다고 덤비는 걸로는 안 될 겁니다."

"그럼요?"

"다른 피해자를 찾아야지요."

노형진은 심각한 얼굴로 사건 기록을 살피고 있었다.

"흠……."

성인이 된 최원익은 방탕한 삶을 이어 가고 있었다. 노형진은 그런 그를 보면서 작게 고개를 흔들었다.

'대책이 없는 놈이군.'

아니나 다를까, 그가 하는 행동 중 많은 부분에서 예의라고는 눈곱만큼도 보이지 않았다.

물론 아주 잘나가는 부모를 둔 자식이니 그럴 수도 있다. 하지만 노형진이 봤을 때는 단순히 예의가 없다는 수준을 넘어서 다른 이유가 있어 보였다.

철컥.

문이 열리면서 안으로 들어오는 남자. 성관중이었다.

그는 포장해 온 햄버거를 건네면서 바깥을 바라보았다.

"변동은 없나요?"

"없습니다."

"그래요?"

"네."

그는 집 근처에 있는 대학에 들어갔다. 하긴 공부를 잘하는 놈은 아니었으니까.

'사실 기부 입학일 가능성이 높지.'

지방대라고 하지만 자신이 알고 있는 최원익의 점수를 생각하면 그곳에 들어가기 힘들다. 그런데 들어갔다. 그것도 뜬금없는 미술학과에 말이다.

'미술학과는 실기 점수가 높아야 하니까.'

미술 같은 것은 아무래도 수능 점수보다는 실기 쪽을 많이 보기 마련이다. 그런데 점수는 부족한데 그곳에 들어갔다는 것은 당연히 실기 점수가 높다는 뜻인데, 그가 알기로 최원익은 그림을 거의 배운 적이 없다.

'결국 기부한 거지.'

기부 입학은 엄밀하게 말하면 불법이다. 한국은 기부 입학을 허용하고 있지 않다. 하지만 그건 공식적인 이야기일 뿐이고 대부분의 대학은 기부금, 즉 일종의 뇌물을 주면 받아들이는 일이 흔하게 벌어지고 있었다.

"그나저나 그다지 돈이 많아 보이지는 않는군요."

분명 그의 아버지는 수천억대 재산을 가지고 있다고 들었다. 그러한 막대한 재산을 가지고 파워로 그를 실질적으로 처벌도 하지 않고 나올 수 있게 하기도 했다. 그런데 정작 최원익은 그다지 부자처럼 꾸미고 있는 것 같지도 않았다.

"최강수도 바보는 아닐 테니까요."

자신의 대에서 수천억의 재산을 만든 사람이 바보일 리 없다. 그 역시 지난번 살인 사건으로 뭔가 잘못되었다는 사실을 알았을 것이다. 일단 자식이 위급하니 뇌물을 써서 나올 수 있게 했지만 그렇다고 해서 자식이 벌인 일이 사라지지는 않을 테니까.

"그러니까 분명히 다른 방식으로 아들을 바꾸려고 하겠지요."

"그게 저런 건가요?"

"네, 한국 사람들은 정신과를 싫어합니다. 그리고 고생하면 정신 차린다는, 말도 안 되는 생각을 많이 하거든요."

한국 사람들은 유독 정신과 치료를 싫어한다. 거기에 가면 다 미친놈이 되는 줄 안다. 하지만 사실 정신과 치료를 적당히 받는 게 삶에는 좋다. 그런데 한국은 유독 심하게 색안경을 낀다.

"그렇게 되면 선택할 방법이 하나뿐이죠."

그러면 부모들이 익히 쓰는 방법이 바로 용돈 같은 걸 줄이는 것이다. 고생하면 정신을 차리게 될 거라 생각해서 말이다.

'고생은 사서도 한다고? 그건 개소리지.'

그 말은 그저 과거를 합리화하기 위해 만들어진 말일 뿐이다. 세상에 그 누구도 고생하고 싶어 하지는 않는다. 그런다고 갑자기 사람이 변하는 것도 아니니까.

"일단은 저 녀석이 뭔가를 하는 데에 있어 심각한 문제가 있는 건 확실하군요."

확실히 최원익은 심각한 얼굴로 집으로 가고 있었다. 보아하니 마음대로 안 되는 것이 있는 모양이었다.

"일단 돌아가지요."

"네?"

"우리가 할 수 있는 건 없습니다."

전에는 철모르는 녀석이었다면 확실히 최원익은 많이 바

꿰어 있었다. 전에는 철모르는 녀석이었다면, 지금은 속으로 꾸미는 듯한 표정.

'뭔가 있어.'

노형진은 그게 뭔지는 알 수는 없었지만 어찌 되었건 자신이 할 수 있는 것은 없다는 걸 알고 있었다.

"돌아갑시다. 돌아가서 다음 준비를 해야지요."

며칠간 본 그의 모습은 그다지 위험할 것도 없었다. 하지만 노형진은 뭔가 거슬리는 것이 있다는 걸 알고 있었다.

"어허, 이런 새끼들을 봤나."

최강수는 노형진을 깔보는 듯한 시선을 내려다보면서 비웃음을 날렸다.

"이제 와서 손해배상을 하겠다?"

"네."

"그래서 얼마면 되는데?"

"저희 쪽에서는 10억쯤 생각하고 있습니다."

"그래? 계좌 불러."

"네?"

"뭐해? 계좌 불러."

옆에서 듣고 있던 성관중은 깜짝 놀랐다. 사실 손해배상금

10억은 작은 돈이 아니다. 진짜로 재판에 가면 절반인 5억도 인정해 주지 않으려고 하는 게 보통이다. 그런데 바로 계좌를 부르라니?

"돈으로 퉁 치자며? 내가 그 돈이 없어서 너희 같은 새끼들한테 고개를 숙일 거라 생각한 거라면 큰 오산이야."

'결국 이렇군.'

그가 10억을 주겠다는 이유는 간단했다.

반성해서? 아니면 피해자들에게 죄송해서?

아니다. 단순히 돈 몇 푼에 자존심을 꺾고 싶지 않았던 것이다.

"계좌 말씀이십니까? 계좌는…….."

노형진은 주저하지 않고 계좌를 넘겼다. 그리고 그걸 본 성관중은 깜짝 놀랐다.

"노 변호사님!"

"네?"

"지금 합의하시는 건가요?"

분명 홍태호는 돈이 아닌 복수를 원했다. 그런데 노형진은 합의하려고 하는 게 아닌가?

"네."

"어째서요!"

"어째서는요. 당연히 돈으로 배상받아야지요."

"……."

맞는 말이다. 이건 남의 목숨으로 배상받을 수 있는 일이 아니다.

"하지만 그래도 그렇지!"

"원래 돈이 모든 걸 지배하는 겁니다."

"거 변호사, 말 잘하네."

히죽 웃으면서 합의서를 살피는 최강수.

하지만 그다음 순간 그의 얼굴이 묘하게 찌푸려졌다.

"뭐야, 이 새끼야."

"뭐 문제 있습니까?"

"장난해? 이건 합의서가 아니잖아!"

합의서를 받아서 던지는 최강수.

"합의서 맞습니다만?"

"뭐? 장난해? 이건 없는 사건이잖아!"

"없는 사건이 아닙니다. 실제로 있었던 일이지요."

"너 이 새끼."

"싫으면 안 하시면 됩니다."

성관중은 노형진과 최강수의 말에서 이상하다는 것을 느꼈다. 조건이 맞으니 당연히 배상이 이루어져야 한다.

솔직히 10억이면 최강수가 계좌 이체로 옮길 수도 있는 돈이다. 그런데 최강수는 왠지 노발대발하는 분위기였다.

"도대체 어떤 내용이기에."

무심결에 그 종이를 받아 든 그는 최강수가 화가 난 부분에 대해서 이해할 수가 있었다.

'살인이 아니네.'

합의서는 당연히 살인으로 이루어질 것인 줄 알았다. 그런데 그 취하서에는 살인이 아닌 최강수가 수사를 방해한 것에 대한 손해배상이라고 적혀 있었던 것이다.

"이 새끼들아, 장난해?"

"장난 아닙니다만? 사건 자체가 제대로 진행되지 못하도록 막으셨으니 그 부분을 배상해 주시면 추가적인 소송은 들어가지 않겠다는 뜻입니다."

"뭐?"

"어떠신지요? 그 나이에 감옥에 가고 싶지는 않으실 거 아닙니까?"

"이 새끼들이 증말! 야! 꺼져!"

다짜고짜 노형진의 멱살을 잡는 최강수. 노형진은 그런 그의 손을 잡고 미소를 지었다.

"이러면 전과만 늘어납니다."

"이 새끼들이 증말. 야, 꺼져!"

노형진을 패대기치는 최강수. 노형진은 쓰러지자마자 바로 일어났다. 하지만 반격하지는 않았다.

"합의하기 싫으신 겁니까?"

"조까, 씨발. 너희 같은 새끼들한테 돈을 주느니 차라리 변기에 갈아서 내려 버린다."

"알겠습니다."

노형진은 더 이상 이야기하지 않고 그곳에서 나왔다. 성관중 변호사는 어리둥절한 얼굴로 노형진을 따라 나올 수밖에 없었다.

"저기, 도대체 왜 오신 겁니까?"

성관중은 고개를 갸웃할 수밖에 없었다. 협상을 위해 온다는 소리를 하기는 했지만 막상 와 보니 애초에 노형진은 협상의 의사가 없어 보였던 것이다.

"사실 상황을 좀 보려고 왔습니다."

"상황이라니요?"

"제가 했던 말, 기억하십니까?"

"어떤?"

"사이코패스 중 일부는 연쇄 살인범이 된다고 했던 말 말입니다."

성관중은 부르르 떨었다.

"설마 다음 대상이 최강수라고 생각하시는 겁니까?"

"네."

노형진이 봤을 때 그럴 가능성이 높다. 아니, 그럴 수밖에 없다.

'더 이상 최강수는 필요 없으니까.'

이제는 최원익은 성인이다. 더 이상 최강수는 필요 없다.

더군다나 최강수는 최원익의 성격을 고친다는 이름하에

지원을 끊어 버렸다. 안하무인인 것과 문제가 있는 것은 전혀 다르니까.

"최강수가 다음 목표가 될 가능성이 높지요. 자신에게 도움이 안 된다고 생각하면 최원익이 다른 수단을 쓰려고 할 테니까요."

"……."

평생을 풍요롭게 살다가 상황이 꼬였으니 어쩌면 당연한 선택을 한 셈.

"그래서 오신 거군요. 그럼 어떠신가요?"

"글쎄요……."

일단 기억을 읽은 최강수는 그다지 특이한 건 없었다. 안하무인인 건 맞지만 직접적으로 살인에 끼어든 것은 아니었다.

'뭐, 예상대로 사건을 은폐하는 데에 끼어들기는 했지만 말이야.'

하지만 그렇다곤 해도 사람이 죽게 내버려 둘 수는 없는 노릇.

"그래서 뭔가 발견하셨나요?"

"딱히 발견한 건 없습니다. 하지만 방법은 알겠더군요."

"방법을 알겠다니요."

"손톱 보셨습니까?"

"손톱요?"

"네."

갑자기 손톱을 봤냐는 노형진의 말에 고개를 갸웃하는 성관중 변호사.

"손톱에 하얀색 줄이 가 있더군요."

"줄요?"

"네, 보통은 비소 중독에서 그런 현상이 일어납니다."

"네에?"

성관중은 깜짝 놀랐다. 그 말인즉슨 이미 살인이 벌어지고 있다는 뜻이 아닌가?

"그럼 그걸 그냥 두고 보셨단 말입니까?"

"그럼 어떻게 할까요? 이야기한들 그가 믿겠습니까?"

"음……."

하나밖에 남지 않은 가족이다. 애지중지하면서 키우는 아들이 그런다고 한들 믿지도 않을 게 뻔하고, 설사 믿는다고 해도 기껏해야 정신병원에 넣는 수준일 것이다.

"결과적으로 그렇게 한다고 한들 복수가 되겠습니까?"

"음……."

맞는 말이다. 솔직히 노형진이 해 줄 수 있는 것은 없다. 법적으로는 모든 것이 끝났으니까.

"그럼 그냥 두실 건가요?"

"그럴 수는 없죠."

복수하기 위해서는 그대로 둘 수도 없는 노릇.

"살짝 자극을 좀 줘 볼까 생각 중입니다."

"자극?"

"네, 원래 함정수사란 기법도 있으니까요."

그냥 마냥 일이 되기를 기다리는 것은 노형진의 스타일이 아니었다.

자기가 만드는 무덤

"뭐?"

최원익은 방금 들은 말을 믿을 수가 없었다.

"무슨 소리야?"

"너 몰랐냐?"

친구, 아니 친구라고 생각하는 녀석은 최원익에게 생각지
도 못한 소식을 들려주었다.

"너희 아버지가 망해 간다고 하던데?"

"난 그런 소리 못 들었다고."

"헐? 그래? 왜 말해 주지 않았지?"

"지금 그게 무슨 소리야? 자세하게 말해 봐."

"듣기로는 누구랑 싸움이 붙었는데 그쪽 재산이 압도적으

로 많아서 피가 말라 가는 상황이라고 하던데?"

"이 무슨……."

최원익은 눈을 찌푸렸다.

"왜 말하지 않았지?"

친구는 고개를 갸웃했지만 최원익의 입장에서는 이유를
알 수밖에 없었다.

"망할 노친네 같으니라고."

살인 사건 이후 원익과 강수의 사이에는 건널 수 없는 거
대한 강이 흐르는 느낌이었다. 아들이라 엄청난 돈을 뇌물로
주고 꺼내 오기는 했지만 그렇다고 해서 살인이 없어지는 건
아니었기 때문이다. 가끔은 아버지의 눈빛에서 공포감과 혐
오감이 느껴지기도 했다.

"하여간 상황이 안 좋다고 하더라."

"음……."

최원익은 곰곰이 생각에 빠져 친구의 말을 귓등으로 흘려
듣고 있었다.

그리고 같은 시각, 최강수 역시 아는 사람으로부터 좋지
않은 소식을 듣고 있었다.

"확인해 보셔야 합니다."

"그럴 리가."

"하지만 요즘 아드님이랑 이야기해 보신 적 있습니까?"

"……."

지난번 사건에서 자신을 도와준 변호사였다.

그는 새로운 정보를 가지고 왔는데, 그건 최강수라고 해도 무심하게 넘어갈 수 없는 내용이었다.

"이 근처 실종자에 대한 대대적인 수사를 진행 중인데 아드님이 주요 대상이라는 소문이 있습니다."

"뭐라고?"

"말 그대로입니다."

"아니, 그게 무슨 소리야, 강 변?"

"그게…… 아드님이 사이코패스일 것 같다는 진단이 있습니다."

"사이코패스?"

"네."

강 변호사라 불린 남자는 최강수에게 자신이 들은 이야기를 말했다.

그러자 최강수의 얼굴이 점점 일그러졌다.

"장난해? 내 아들이 지금 미친놈이라는 거야?"

"그게……."

강 변호사는 뭐라고 말할 수가 없었다.

'하지만…….'

동료 검사에게 들은 말이니만큼 쉽게 볼 일이 아니다. 더군다나 진짜로 사이코패스라면 위험할 수도 있는 일.

'진짜 사이코패스는 위험한데.'

필요하면 부모도 죽이는 게 사이코패스다. 그런 녀석이라면 최강수도 위험할 수 있는 노릇.

"강 변, 그렇게 안 봤는데 말이야."

"어르신, 진심으로 하는 말입니다. 제대로 검사를 받아 보게 해야 합니다. 그때도 말씀드렸다시피……."

살려 달라는 아이를 웃으면서 의자로 내려찍어서 죽인 아이다. 인간이라면 그럴 수 없다.

'차라리 그때 감옥에 보냈어야 하나.'

더군다나 실종자라는 말이 영 찝찝했다. 사이코패스는 연쇄살인범이 될 가능성이 높다는 사실을 알고 있었기 때문이다.

"웃기는 소리 하지 마!"

하지만 최강수는 그의 말을 들은 척도 안 했다.

"내 자식은 내가 가장 잘 알아! 그 애가 실수한 것일 뿐이지, 그렇게 나쁜 놈은 아니야!"

"어르신."

"강 변, 그렇게 안 봤는데 더 이상 거래 못 하겠네. 올해 계약을 끝낼 테니 방 빼게."

"헉!"

"그리고 그딴 소리 하는 놈이 있으면 똑같이 할 테니까 다들 입 닥치라고 해!"

"어르신! 어르신!"

강 변호사가 애타게 불렀지만 그는 들은 척도 하지 않은

채 바깥으로 나갈 뿐이었다.

$$\triangle\!\!\!\triangle$$

"왔냐?"

"네."

집으로 들어온 부자. 하지만 그들 사이에는 냉랭한 기류만이 감돌 뿐이었다.

"오늘은 어디 갔다 왔냐?"

"알아서 뭐하시게요?"

"알아야 할 걸 아는 게 잘못은 아니지."

"내가 무슨 애인 줄 알아요?"

최원익이 짜증을 부리면서 방으로 들어가자 최강수는 얼굴을 찌푸렸다.

"저,. 저……."

그걸 보던 최강수는 문득 아까 만난 강 변호사의 말이 생각났다.

─그게…… 아드님이 사이코패스일 것 같다는 진단이 있습니다.

─이 근처 실종자에 대한 대대적인 수사를 진행 중인데 아드님이 주요 대상이라는 소문이 있습니다.

그는 그 말을 떠올리다가 머리를 흔들어서 머릿속에서 지우려 했다.

'아니야, 그럴 리 없지. 애가 좀 기고만장하고 안하무인이기는 하지만 살인마라니 말도 안 돼.'

그는 그렇게 생각하면서 애써 마음을 다잡으려고 했다.

한편 방으로 들어간 최원익은 인터넷을 보면서 얼굴을 찌푸렸다.

"망할. 진짜잖아?"

확실히 지난 며칠간 주식시장에서 아버지 회사의 주식이 큰 폭으로 떨어지고 있었다.

"이러다가 한 푼도 못 건지는 거 아냐?"

아버지라는 존재가 중요한 게 아니다. 이대로 다 날리면 자신이 무일푼이 된다는 것이 중요하다.

"그러면 안 되는데."

그는 심각한 얼굴로 고민에 빠졌다. 물론 이게 일반적인 경우일 수도 있다. 하지만 그렇다고 해도 영 찝찝한 것은 어쩔 수가 없는 일.

그때였다.

"원익아."

최강수가 방문을 열고 들어와서는 그를 불렀다.

"또 왜요?"

"한 가지만 묻자."

"또 뭘요?"

"너, 또 이상한 짓 다니고 있는 거 아니지?"

"무슨 이상한 짓요?"

혹시나 하는 마음에 최강수는 물어보지 않을 수가 없었다. 하지만 최원익으로서는 짜증이 날 수밖에 없었다.

"전에 있었던 일 말이다."

"아, 진짜 그 애새끼 하나 죽은 거 가지고 평생 우려먹으려고 그래요?"

"그건 아니다만."

거지 집안 새끼의 자식 하나 죽는 건 그다지 상관없는 일이다. 하지만 이번에도 사람을 죽이면 아무리 노력해도 덮을 수가 없다. 그때는 그나마 미성년자이고 한창 파워가 강했지만 지금은 그렇지 않으니까.

'특히 그 변호사 새끼가 영 찝찝하단 말이지.'

가장 큰 문제는 다름 아닌 노형진이었다. 노형진이 어떤 변호사인지 알아본 결과, 그리 만만한 놈이 아니라는 것을 알게 된 것이다.

"망할……."

더군다나 검찰에서 수사한다는 말이 영 걸렸다. 그가 봐도 아들이 정상이 아니라는 것쯤은 알 수 있으니까.

"뭐가 말이에요?"

"사람 괴롭히는 거 말이다."

    돌려 말하는 것이지만 그 말뜻을 알아들은 최원익은 버럭
화냈다.

    "씨발, 그러면 좀 어때요?"

    "뭐?"

    "그러면 좀 어떠냐고요. 사람이 살다 보면 스트레스 받으
니 그럴 수도 있는 거지."

    "하지만 말이다, 그건 나쁜 짓이다."

    "뭐, 어때요? 사기 쳐서 죽이는 거나 그냥 죽이는 거나 죽
이는 건 마찬가지인데."

    최강수는 눈을 찌푸렸다.

    "그건 나쁜 짓이다."

    "나쁜 짓은 무슨. 그럼 돈이나 내놓든가요. 제대로 스트레
스도 못 풀게 맨날 돈도 안 주는 주제에."

    결국 꾹 참고 이야기하려던 최강수는 속이 터지고 말았다.

    "이 새끼야! 돈 버는 게 쉬운 줄 알아?"

    "거, 몇 푼 쓴다고 죽어요?"

    "그 돈을 벌어 본 적도 없는 녀석이!"

    "아, 졸업하면 번다니까요."

    언제나 이런 식이었다. 지난 사건 이후에 그 둘의 사이는
돌이킬 수 없이 벌어졌고 비슷한 문제가 나오면 둘 다 물러
나지 않고 소리를 버럭버럭 지르면서 싸울 뿐이었다.

    "에이, 씨발! 저런 걸 자식새끼라고!"

결국 화를 참지 못하고 나가 버리는 최강수.

그런 최강수를 보면서 최원익의 시선은 여느 때보다 표독스럽게 변했다.

부아앙.

비슷한 시각, 집 바깥으로 나가는 최강수의 차를 바라보는 사람이 있었다.

"성공한 것 같군요."

노형진이었다. 그는 자동차의 의자에 몸을 기대앉은 채로 멀어져 가는 최강수의 차를 바라보고 있었다.

"과연 이게 성공할까요?"

"아마도 했을 겁니다. 다만 인내심이 없기를 바라야겠지만요."

사이코패스는 작은 외부 자극에도 반응한다. 그러다 보니 누군가 자신을 미워하거나 방해된다고 하면 가차 없이 그를 죽이려고 한다.

"인내심요?"

"네, 사이코패스들은 생각보다 인내심이 강합니다. 정확하게 말하면 분노를 희석시키지 못한다는 게 맞지요."

그들은 10년 전 사소하게 싸운 것 가지고도 사람을 죽일

수 있다. 그들은 그와의 다른 인간적 교류가 아닌 분노만을
기억하기 때문이다.

"아! 그래서 그러신 거군요."

"네."

노형진의 기억 속에서 둘 사이는 조금만 더 흔들면 한쪽이
죽을 만큼 나빠진 상태였다. 그리고 그걸 읽어 낸 노형진은
그들의 사이를 비틀어 버리기로 했다.

"물론 적당히 소문을 내는 것만으로도 사이를 틀어지게 할
수 있습니다. 하지만 최원익이 결심하게 만드는 것은 전혀
다른 문제죠."

사이가 틀어진다고 해도 결국 최강수가 죽으면 최원익은
엄청난 부자가 된다. 지금 부족하다고 하지만 살인할 만큼 부
족한 상황은 아니었다. 부자는 망해도 3대를 간다고 하니까.

'하지만 회사가 흔들리면 이야기가 달라지지.'

지금 물려받지 못하면 그는 거지가 된다. 그걸 알고 있는
최원익일 테니 노형진은 그런 그를 흔들기 위해 고의적으로
여러 가지 방법을 써서 최강수의 회사를 뒤흔든 것이다.

그가 아무리 이 시골에서 목에 힘주면서 산다고 해도 결국
은 동네 부자 수준이니 노형진을 이길 수 있는 상대가 아니
다. 그렇다고 무슨 돈을 쓴 것도 아니고.

'슬쩍 정보만 흘리면 되는 것이지.'

노형진은 투자시장에서 불패로 통한다. 기본적으로 영화

에 투자를 즐겨 하지만 확실하게 성공하는 기업에도 투자하기 때문이다. 그리고 증권가 사람들은 그걸 알고 있다.

그래서 노형진은 그걸 이용하기 위해 최강수의 기업에 마치 투자할 것처럼 접근하다가 슬쩍 발을 빼 버렸다. 이런 기업은 오래 못 버틴다는 말과 함께 말이다.

그러자 대번에 그 소문이 퍼지면서 노형진의 실적을 알고 있는 투자사들이 발 빠르게 손을 떼기 시작했다.

'그 정도로 흔들리지는 않겠지만.'

일단 그로 인해 최원익은 다급해질 수밖에 없을 테니 실수할 것이 틀림없다.

"그나저나 쉽게 속는군요. 사이코패스는 머리가 좋다고 들었는데요."

성관중은 신기한 듯 집을 바라보았다.

"그건 오해입니다."

"오해요?"

"네, 확실히 사이코패스는 일반적인 범죄자들보다는 지능이 높습니다. 하지만 일반적인 범죄자들의 지능이 평균적으로 낮은 편이니, 실제로는 일반인 수준일 뿐이죠."

아무래도 범죄자들의 상당수가 일반인보다 지능이 낮다. 제대로 공부하지 못하는 환경에서 자라는 경우가 많기 때문이다.

하지만 변호사들은 누가 봐도 일반인보다 더 똑똑한 사람들이다. 더군다나 범죄자인 그들의 내면을 속속들이 알고 있는 사람들이기도 하다.

"결국 모든 걸 다 잃을 위기에 빠진 사람이 선택하는 것은 하나뿐이라는 거죠."

분명 함정이라고 할 수도 있다. 하지만 어차피 벌어질 일이다. 성격을 봤을 때, 최원익은 그냥 자연스럽게 죽을 때까지 기다릴 녀석이 아니니까.

"걸리지 않는다면 별수 없지만 말입니다."

하지만 노형진은 직감적으로 알 수 있었다. 이미 저 두 사람은 자신이 쳐 둔 거미줄에 걸려 있다는 사실을 말이다.

⚖️

'문제는 어떤 방식을 쓰느냐는 건데.'

노형진이 알 수 없는 것. 그건 다름 아닌 최원익이 어떤 방식을 쓸지 알 수가 없다는 것이다.

분명 그는 자신의 아버지를 죽일 것이다. 그의 눈은 그렇게 말하고 있다. 수많은 살인범들과 사이코패스들을 겪어 본 노형진은 그걸 확신할 수 있었다.

'하지만 방법을 모르겠단 말이지.'

아마도 처음에는 천천히 비소중독으로 죽이려고 했을 것이다. 그의 몸에 드러난 손톱의 하얀색 줄이 그 증거다. 그러나 이제 다급해졌으니 그렇게 죽을 때까지 기다릴 리 없다.

'방법을 찾아야 한다.'

어떤 식으로 죽일지 알아야 한다. 그리고 언제 죽일지도.

'직접적으로 손을 쓸까?'

그럴 리 없다.

일단 사건이 터지면 이런 경우 가장 먼저 혐의 대상이 되는 사람은 다름 아닌 최원익이다. 과거에는 어렸다고 하지만 이제는 성인이다. 어찌 되었건 한번 살인한 경험도 있고, 만일 아버지인 최강수가 죽을 경우 최대 수혜자가 되는 녀석이다. 분명 집중 조사를 받을 테고, 그 사실을 본인도 알고 있을 가능성이 높다.

"무슨 고민을 하십니까?"

노형진이 고민하는 사이 들어오는 한 사람. 성관중이었다.

"아, 성 변호사님."

"뭘 그렇게 고민하십니까?"

"최원익의 마지막 선택이 뭔지 모르겠습니다."

"마지막 선택이라니요?"

"어떤 방식으로 죽이려고 할지 말입니다."

"음……."

물론 노형진도 접근해 보려 했다. 하지만 그 녀석은 요 근래 들어서 극도로 주변을 경계하고 있었다. 심지어 조금만 수상하면 일단 나오지 않을 정도로 말이다.

'뭔가 있는데.'

감시하고 있지만 딱히 바뀌는 것은 없었다.

"그나저나 홍태호 씨는 뭐하고 계시나요?"

"제가 자제시키고는 있는데……."

"역시 마음을 바꾸지 않으셨군요."

"네."

홍태호는 그들을 죽일 기회만 노린다고 해도 될 정도로 집착하고 있었다. 하긴 그럴 수밖에 없는 상황이기는 하다.

'눈이 보일 정도로 진행되는 게 없으니.'

뭔가 진행되어야 한다. 그런데 진행된 것은 아무것도 없었다. 심지어 최원익이 사이코패스이며 연쇄 살인마라는 생각도 노형진의 일방적인 의견일 뿐, 경찰에 신고되거나 조사해서 나온 내용이 아니다.

"그렇다고 해도 섣불리 움직이면 안 됩니다. 분명히 그들은 실수합니다."

"그럴까요?"

"네."

사람들은 연쇄 살인범들이 치밀하다고 생각한다. 하지만 대부분의 연쇄 살인범들이 잡히는 것은 자신의 실수 때문이다.

'진짜 연쇄 살인범들이 잡히는 건 영화랑 좀 다르기는 하지.'

대부분의 연쇄 살인범들이 치밀하게 살인하고 경찰을 농락하는 것처럼 나오지만 노형진의 경험상 그런 유형은 극히

일부에 지나지 않으며, 대부분의 연쇄 살인범은 즉흥적이거나 단순한 편이다. 그럼에도 불구하고 잡히지 않는 건 대부분 경찰이나 검찰의 무능 때문이다. 가령 경기도에서 살인 사건이 나면 강원도나 충청도에서 비슷한 사건이 나도 모른다. 사건을 공유하지 않기 때문이다.

'분명히 있을 텐데.'

노형진의 경험상 각 지역을 돌아다니면서 살인하는 놈은 분명히 존재한다. 하지만 한국에서 잡히는 대부분의 연쇄 살인범은 지역에 기반을 두거나 가족들을 죽였던 경우다.

즉, 지역이 바뀌면 아예 사건 자체를 공유하지 않기 때문에 연쇄 살인범인지도 모르는 경우가 대부분인 것이다.

"일단은 말입니다, 제 생각에는 그 녀석을 잡는 방법은 생각보다 간단합니다. 죽을 위기가 닥치면 됩니다."

그렇게 되면 아무리 최강수라고 할지라도 자식을 포기할 수밖에 없다. 아니, 포기하게 된다. 노형진이 봤을 때 최강수는 자신을 죽이려고 하는 자식을 용서해 줄 만큼 착한 사람은 못 되는 편이었다.

'다른 사람에게 함부로 대하는 건 그렇다 쳐도 자신에게 도전하는 건 참지 못하겠지.'

그 후에는 일사천리로 처리하면 정상이다. 노형진은 그런 생각을 하고 있었다.

"일단은 조금만 기다려 봅시다. 분명 최원익이 움직일 겁니다. 그러면……."

그때였다.

따르릉.

"응?"

성관중의 전화기가 다급하게 울리기 시작한 것이다. 성관중은 전화기를 꺼내 들다가 움찔했다.

"왜 그러십니까?"

"제수씨입니다."

"제수씨?"

그 말을 들은 노형진은 뭔지 모를 공포감이 등골을 스치고 지나가는 것을 느꼈다.

'제발…… 제발…… 제발 아니기를…….'

하지만 성관중이 노형진에게 제수씨라고 말하는 사람은 단 한 명뿐이다.

"여보세요?"

다급하게 스피커폰으로 돌리는 성관중 변호사.

노형진은 그걸 보고 그 제수씨가 자신이 생각하는 사람이 맞다고 확신했다. 그렇지 않다면 스피커폰으로 돌릴 이유가 없으니까.

"관중 씨! 큰일 났어요! 애 아빠가…… 애 아빠가……!"

"제수씨, 진정하세요. 태호가 왜요? 무슨 일이라도 저질렀습니까?"

"잔뜩 취해 가지고 두 사람을 죽이겠다면서 칼을 들고 뛰쳐나갔어요!"

"네? 언제요!"

"지금 막요!"

성관중은 노형진을 바라보았고 노형진은 자리에서 벌떡 일어났다.

"어서 갑시다!"

노형진 역시 상황이 다급하다는 걸 알 수 있었다.

'젠장, 조금만 참으시지.'

분명 경고했다, 하지 말라고. 심지어 다급해질까 봐 자주 연락해서 진행 상황을 이야기해 주기까지 했다. 그런데 그게 실수였던 모양이다.

'망할.'

아예 이야기를 듣지 않았으면 모를까, 계속 듣고 있었으니 점점 마음은 다급해져서 결국 술을 마시고는 자신도 모르게 달려간 모양이었다.

"어서 갑시다. 말려야 해요!"

"네."

어쩌면 이미 사고가 났을지도 모르는 상황이다. 그렇다면 어쩔 수 없이 그가 범인이라고 직접 신고해야 할지도 모른다.

그렇게 막 노형진이 튀어 나가려는 순간이었다.

디리링.

노형진의 핸드폰에서 들리는 소리.

노형진은 뛰면서 그 전화를 받았다.

"뭡니까!"

다른 경우라면 안 받았겠지만 상대방의 전화번호가 받지 않을 수가 없는 번호였기 때문이다.

－노 변호사님.

"지금 급하니까 나중에 이야기합시다."

－이상한 게 있습니다.

"뭐가요?"

－최원익이 흥분한 것 같습니다.

"흥분하다니요?"

설마 사고를 쳤단 말인가? 하지만 그다음 말은 그럴 가능성을 무시하게 만들었다.

"지금 어디입니까!"

－지금 학교입니다.

"학교요?"

－네.

지금 그를 감시하는 직원의 말에 따르면 뭔가 기대하는 듯 계속 시계를 확인하고 있다는 것이다. 일반 사람들이라면 모르겠지만, 수년간 이런 감시 업무를 해 온 사람이니만큼 그런 그의 행동이 정상적인 것은 아니라는 것을 알아채고 혹시나 하는 마음에 전화한 것이다.

"뭐요? 무슨 행동을 했습니까?"

ㅡ아니요. 아무것도 안 했습니다.

"......"

그런데 왜 그런 식으로 흥분을 감추지 못할까?

'누군가를 고용했나?'

그럴 가능성은 없다. 기본적으로 사이코패스는 남을 믿지 않는다. 어떤 사람들은 사이코패스들이 킬러로서 최고라고 생각하지만 사실 그건 소시오패스를 말하는 거지, 사이코패스를 말하는 것이 아니다. 사이코패스는 남과의 교류가 불가능하다 보니 킬러의 주요 덕목인 '믿음'이 성립하는 것 또한 불가능하기 때문이다.

"일단은 계속 감시하세요."

뭔가 이상하다고 생각하기에는 노형진은 마음이 급했다.

그러는 사이 성관중이 차를 끌고 오자 노형진은 거기에 올라타고는 다급하게 외쳤다.

"빨리 갑시다!"

"태호 씨!"

노형진은 다급하게 주변에서 홍태호를 찾기 시작했다. 최강수의 집 근처에서 그를 찾는 것은 상당히 위험한 행동이기는 했지만 어쩔 수가 없었다.

"태호 씨!"

"홍태호 씨! 나오세요!"

이리저리 찾아다니는 노형진.

그렇게 얼마나 지났을까? 노형진이 최강수의 집에서 좀 떨어진 위치에 다다랐을 때였다.

'응?'

전신주 뒤쪽 어둠 속. 그곳에 쭈그려 앉아 있는 사람.

노형진은 그걸 보고 심장이 철렁했다.

"차, 저쪽으로 돌려요."

"네?"

"차, 저쪽으로 돌리라고요."

"아, 네."

노형진이 뭔가를 발견한 듯하자 성관중은 그쪽으로 차를 돌리자 노형진은 안도의 한숨을 내쉬었다.

"하아."

"태호야!"

성관중은 다급하게 뛰어나갔고 구석에 술에 취해 울고 있던 홍태호는 그런 성관중을 바라보면서 오열하기 시작했다.

"야! 너 괜찮아?"

"안 괜찮아…… 아니…… 안 괜찮아…… 흑흑."

그는 성관중을 잡고 눈물을 흘리고 있었다.

"죽일 수가 없었다⋯⋯. 자식 놈도 다 잃어버린 놈이 뭐 그리 미련이 남았다고⋯⋯. 눈앞에서 자식 놈의 원수가 지나가는데⋯⋯. 그런데⋯⋯ 죽일 수가 없었어⋯⋯. 크흐흐흐⋯⋯. 이 못난 놈이⋯⋯ 이 못난 아비가 아들놈의 복수도 못 해 주고 이렇게 산다. 흑흑⋯⋯. 관중아⋯⋯ 난 못난 놈이야⋯⋯. 진짜 나 어떻게 사냐⋯⋯. 차라리 죽고 싶다."

"진정해, 태호야⋯⋯. 진정해⋯⋯. 진정해⋯⋯."

성관중은 그런 태호를 진정시켰다.

노형진은 그들을 보면서 안도의 한숨을 내쉬었다.

'다행이다.'

이야기를 들어 보니 최강수가 지나가는 것을 보고 죽이겠다고 달려든 모양이다. 하지만 최강수는 사과하거나 살려 달라고 하는 대신에 그런 홍태호를 비웃으면서 죽일 수 있으면 죽여 보라고 도발했다는 것이다.

'그렇겠지.'

최강수쯤 되면 이런저런 경험을 많이 했으니까 진짜 죽이려고 하는 것과 죽이려고 하는 척하면서 사과를 받아 내려고 하는 것쯤은 구분할 수 있을 것이다. 노형진이 봐도 홍태호는 후자였지, 전자는 아니었다.

"크흑⋯⋯ 그 녀석이⋯⋯ 그 녀석이⋯⋯ 뭐라고 하는지 아냐⋯⋯? 나보고⋯⋯ 병신이란다⋯⋯ 크흑⋯⋯. 나보고 병신 새끼래⋯⋯. 자기 자식 팔아먹고 그 돈도 못 달라고 하는 병신 새끼래……. 크흑…….”

“진정해, 태호야. 진정해.”

부들부들 떠는 태호와 진정시키는 성관중.

노형진은 그 모습을 보다가 아까 하던 통화가 생각나 다시 전화를 들었다.

“저, 노형진입니다.”

─네, 노 변호사님.

전화기 너머에서 들리는 직원의 목소리.

“바뀐 게 있습니까?”

─없습니다. 도리어 기분이 좋아 보이는데요?

“네?”

─기분 좋아 보입니다. 아까처럼 뭔가를 초초하게 생각하는 게 아닌 것 같은데요?

노형진은 고개를 갸웃했다. 기분이 좋다? 그건 뭔가 성공했다는 뜻이다.

‘하지만 그 녀석은 하루 종일 학교에 있었잖아?’

기분이 좋아질 리 없다.

“혹시 아는 거 있습니까?”

─아니요, 전혀요. 그냥 하루 종일 학교에 있었습니다.

학교라……. 누군가 접촉한 게 있습니까?”

“아니요.”

접촉한 것도 아니라면 도대체 무슨 수로 범죄를 짠단 말인가?

'포기한 걸까?'

노형진은 잠깐 그렇게 생각하다가 고개를 흔들었다.

사이코패스에게 가장 힘든 것이 바로 포기다. 그들은 단순히 싸운 것에 대한 보복을 하기 위해 20년을 기다려서 상대방을 죽이는 녀석들이다.

'그렇다면 뭔가 다른 짓을 했다는 소리인데...'

노형진은 등골이 오싹해졌다. 그가 뭔가를 꾸미고 있는데 자신이 모르고 있다면 어쩌면 이미 살인은 진행이 되고 있거나 이루어졌을 수도 있다.

"혹시 요즘 뭔가 바뀐 것 없습니까? 평소와 다른 행동이요. 누군가를 만났다거나 아니면 뭔가를 사거나 한거 말입니다."

"산 거라고 해 봐야…… 어항용품밖에…….."

"네? 어항용품요?"

"네, 얼마 전에 가서 활성탄을 사더군요."

활성탄이라는 말에 노형진은 고개를 갸웃했다. 그것만으로는 뭘 한다고 보기 힘들었기 때문이다.

"그것만 사던가요?"

"네, 제법 많이 샀습니다."

하긴 활성탄 자체는 그다지 크지 않다. 그걸 감시하던 사람들이 알 정도면 제법 많은 양을 사서 담아 왔다는 뜻이다.

'활성탄이라……. 활성탄…… 활성탄…….'

꺼림칙한 기분을 느끼던 노형진은 뭔가 퍼뜩 생각났다.

"성 변호사님, 우리가 최강수의 집에 갔을 때 말입니다, 혹시 어항 보셨습니까?"

"어항요?"

"네, 어항 말입니다, 물고기를 키우는."

"어……."

홍태호를 진정시키던 성관중 변호사는 잠시 고민하다가 고개를 흔들었다.

"아니요. 못 봤는데요."

"그렇지요?"

"작아서 못 본 거 아닐까요?"

그럴 리 없다. 감시하는 사람이 봤다고 할 정도면 상당히 많은 양을 샀다는 건데 그 정도면 상당히 큰 어항이라는 소리다.

'활성탄이라니, 그걸 도대체 뭐에 쓰려고 하는 거지? 그건 고작해야…… 망할!'

노형진은 그제야 뭔가 생각난 듯 얼굴이 새파랗게 질리더니 마음이 다급해졌다.

"빨리 갑시다! 지금이라도 가면 늦지 않았을지도 모릅니다."

"뭘요?"

"지금 살인이 진행되고 있단 말입니다!"

"네?"

성관중은 고개를 갸웃했다. 방금 통화해서 최원익이 아직도 학교에 있다는 사실을 들었다. 그런데 살인을 저지르는 중이라니?

"뭔가 잘못 아신 거 아닙니까?"

"맞습니다. 젠장! 내가 왜 그런 걸 생각하지 못했지?"

"네?"

"활성탄은 숯입니다. 그리고 그 숯을 피우면 일산화탄소가 나오지요. 일산화탄소에 중독되면 죽습니다."

성관중 변호사의 얼굴 역시 새파랗게 질렸다. 그도 일산화탄소중독으로 죽는 게 뭔지 알고 있었던 것이다.

"어서 갑시다. 그 녀석이 기분 좋아진 건 아마 실행될 시간이 되어서 그런 걸 겁니다."

그러면 아까부터 불안하게 시계를 본 것에 대한 의문도 다 풀린다.

"어서 가면 어쩌면 살릴 수 있을지도……."

노형진은 차로 가려다가 멈칫했다. 그 앞에는 생각지도 못한 사람이 서 있었기 때문이다.

"홍태호 씨?"

홍태호는 부들부들 떨리는 손으로 노형진과 성관중을 막고 있었다.

"미…… 미안해……. 하지만 못 보내겠어."

"태호야!"

"나…… 나한테 남은 마지막 복수의 기회야. 병신 같은 아버지라서 직접 죽이지는 못해도 구하는 건 막을 수 있어."

"태호야! 이러지 마!"

"미안하다. 하지만 안 되는 건 안 되는 거야! 가지도 못하고 경찰에 신고도 못 해! 구급차도 못 보내!"

노형진과 성관중을 보며 눈물을 펑펑 흘리면서도 그는 떨리는 손에 있는 칼을 놓지 않았다.

"그놈들은…… 죽어야 해…… 내 자식이 죽었던 것처럼. 자기들끼리 아귀다툼해서 죽어도 좋아. 죽었으면 좋겠다. 진짜 이 병신 같은 아비 대신에 서로 싸워서 죽어 주면…… 좋겠다."

"태호야……."

"미안하다."

노형진은 얼굴을 찡그렸다.

'시간이 얼마 없는데.'

그 녀석의 반응으로 봐서는 작전이 시작된 것은 제법 되었다. 즉, 상당한 시간이 지났다는 뜻이니 어쩌면 살릴 수 없을지도 모른다.

"홍태호 씨, 진정하세요. 이런 복수는 정당한 복수가 아닙니다."

"그럼 어떻게 할까요? 처벌도 하지 않는 경찰에 신고할까요? 아니면 그들에게 껌값도 안 되는 돈을 받고 아들놈을 팔아먹을까요! 전 그렇게는 못 합니다!"

눈물을 펑펑 흘리면서 절규하는 홍태호.

"이번에 제 마지막 기회입니다. 복수할 수 있는 마지막 기회요. 제발, 변호사님…… 이쪽으로 오지 마세요……. 오시면…… 찌릅니다."

차를 막고는 양손으로 칼을 더욱 꽉 부여잡는 홍태호. 자세는 어정쩡했지만 보낼 생각이 없다는 것은 확실해 보였다.

'하는 수 없지.'

그냥 기다릴 수는 없다. 일단은 되든 안 되든 시도는 해 보기로 했다.

"어, 소가 넘어간다."

말도 안 되는 말장난을 하면서 홍태호의 뒤쪽으로 바라보는 노형진. 그러자 홍태호는 자신도 모르게 엉겁결에 고개를 돌렸다. 의지와는 상관없는 자연스러운 반응이었다.

"으라차차!"

그러자 노형진은 바로 돌려 차기를 해서 그의 손에 들린 칼을 날려 버렸다.

"으악!"

노형진의 갑작스러운 행동에 놀란 것은 홍태호만이 아니었다. 성관중 역시 너무나 놀랐다.

"노 변호사님!"

"일단은 갑시다! 어서요!"

"네."

노형진은 바닥에 떨어진 칼을 바로 주워 들고 두 사람을 태운 뒤 최강수의 집으로 미친 듯이 달리기 시작했다.

"일단 가서 봅시다."

물론 노형진도 그런 홍태호의 마음을 모르는 것은 아니다. 하지만 어겨도 되는 법과 어기지 않아도 되는 법이 있다. 그리고 이건 어겨서는 안 되는 쪽이었다. 엄밀하게 말하면 홍태호의 행동은 살인 방조죄로 처벌받아야 하는 내용이기 때문이다.

"어서 달려갑시다."

"네!"

노형진은 전속력으로 내달렸다.

잠시 후 저택의 입구가 보였다.

"꽉 잡으세요."

노형진은 가속페달을 최대한 밟았다. 그냥 뚫고 지나갈 속셈이었다.

"쾅!"

엄청난 소리와 함께 박살 나는 문. 그리고 그 안을 지나서 정원에서 급격하게 멈추는 성관중의 차.

"빨리 갑시다!"

노형진은 안으로 들어갔다. 그러나 문이 잠겨 있었다.

"이런 젠장!"

거대한 통유리 너머로 보이는 최강수의 모습. 그는 소파에 누워 있었다.

"이런 망할!"

고개를 두리번거리다가 정원에 놓인 의자를 발견한 그는

그걸 잡아서 통유리를 향해 힘껏 휘둘렀다.

와장창!

엄청난 소리와 함께 무너지는 통유리.

노형진은 제대로 어질러진 안으로 황급하게 뛰어들어 갔다. 하지만 그 와중에도 최강수는 움직이지 않았다.

"이봐요!"

불러도 대답이 없는 최강수.

노형진은 그의 목에 손을 댔다가 얼굴을 찌푸렸다. 맥이 잡히지 않았던 것이다.

'심장마사지를 할까?'

잠깐 그런 생각도 했다. 하지만 그는 직감적으로 이미 늦었다는 걸 알 수 있었다. 그의 몸이 차갑게 식어 가고 있었기 때문이다. 그건 20분 이상 지났다는 뜻이니 지금 심장마사지를 해도 살아나지 못한다는 것이 된다.

"늦었습니다."

노형진은 참담한 얼굴로 부서진 통유리를 넘어 집 안에서 나왔다. 그리고 고개를 흔들었다.

"아마도 한 20분 정도 되는 것 같습니다."

"20분이면……."

"네."

홍태호가 자신들을 막은 시간과 비슷한 시간이다. 만일 그 시간을 막지 않았다면 어쩌면 최원익은 살아남았을지도 모른다.

"크흑흑……."

홍태호는 주저앉아서 눈물을 흘리기 시작했다. 복수를 성공했다는 생각 때문일까? 아니면 하고 나니 부질없다는 생각 때문일까?

"흠……."

노형진은 심각한 얼굴이 되었다. 이건 곤란한 문제다.

'엄밀하게 말하면 이건…… 살인 방조다.'

살인이 벌어지고 있는 것을 알면서도 모른 척했다. 아니, 구조를 방해했다. 그렇다는 건 최하 살인 방조, 재수 없으면 살인의 종범이 될 수도 있다는 뜻.

"노 변호사님."

그걸 알고 있는 성관중은 얼굴이 딱딱하게 굳었다. 노형진은 울고 있는 홍태호를 바라보았다. 그리고 마음을 굳히고는 품 안에서 아까 홍태호에게서 빼앗은 칼을 꺼내 들었다.

"노 변호사님, 그걸로 뭘 하려고……."

"핑계 없는 무덤은 없다고들 하지요."

"네?"

노형진은 대답하는 대신에 자동차로 다가갔다. 그리고 서슴없이 타이어에 구멍을 내기 시작했다.

그걸 본 성관중은 어리둥절할 수밖에 없었다. 하지만 그다음 말에 노형진이 왜 그랬는지 알 수 있었다.

"우리는 제대로 출발한 겁니다. 하지만 타이어에 구멍이

나서 늦은 겁니다. 그렇지요?"

"네? 아, 네…… 그렇지요."

전륜구동인 자동차의 앞바퀴에 나 있는 구멍. 바람이 빠진 타이어로는 제대로 속력을 내지 못한다.

"그러니까 우리는 아쉽지만 늦은 겁니다. 사고로 인해서요."

"네, 사고입니다."

감사의 인사와 복잡한 생각을 담은 시선으로 노형진과 친구인 홍태호를 바라보는 성관중. 그가 왜 그러는 건지 모를 노형진이 아니었다.

"어쩔 수 없습니다. 우리는 변호사니까요."

변호사. 의뢰인을 위해 최선을 다하는 사람들.

"네, 변호사죠."

성관중은 고개를 끄덕거리면서 마음을 굳게 먹었다.

⚖

"어찌 되었나요?"

며칠 뒤, 경찰서에 갔다 온 성관중은 노형진이 묻자, 허탈한 얼굴로 자리에 앉았다.

"노 변호사님의 생각이 맞았습니다."

"그래요?"

"네, 자기 동생과 엄마도 죽였다고 자백했습니다."

노형진의 예상대로였다. 어쩐지 아무리 사이코패스라고
하지만 피해자를 죽인 방식이 너무 잔인하다 싶었다.

　"동생은 사랑을 독차지해서, 자기 엄마는 자신의 말을 안
듣고 훈계만 해서 죽였답니다."

　"그럴 거라 생각했습니다. 그러면 최강수는요?"

　"우리 함정에 빠져서 그렇게 되었지요."

　최강수가 돈을 다 날린다고 생각하자 최원익은 그 돈을 빼
앗기 위해 살인을 감행한 것이다.

　"치밀하더군요."

　그는 아버지인 최강수가 정해진 시간에 정해진 자리에서
낮잠을 자는 것을 알고 있었다. 그래서 그는 잘 보이지 않는
곳에 활성탄을 정해진 시간에 태울 수 있는 일종의 장비를
설치한 것이다. 그걸 모른 최강수는 습관적으로 잠을 자려고
하다가 그대로 죽어 버린 것이고.

　"안타깝군요."

　"네, 안타까운 일이죠. 그런데 어떻게 아셨습니까?"

　"뭘 말입니까?"

　"일산화탄소중독으로 죽이려고 한 거 말입니다."

　"한국에서는 흔하게 쓰지 않지만 미국에서는 적지 않게 일
어나는 일이거든요."

　"그런가요?"

　"네."

"그런데 왜 숯이 아닌 활성탄을 사용한 걸까요?"

"이유는 간단합니다."

일단 그렇게 갑자기 죽으면 100% 부검을 한다. 그 후에 일산화탄소중독으로 죽은 게 알려지면 분명 그 원인을 찾을 것이다.

"그런 상황에서 숯을 산 기록이 있으면 빼도 박도 못하고 1순위 용의자죠."

"아!"

"하지만 그에 반해 활성탄은 아닙니다."

애초에 어항을 갈 때 쓰는 활성탄이 숯이라는 사실을 모르는 사람들이 대부분이고, 또 일반적으로 그 숯이나 석탄을 산 사람을 찾으려고 할 때는 마트를 뒤지지, 활성탄을 생각해 어항 가게를 뒤질 리는 없기 때문이다.

"그리고 활성탄은 숯보다 작고 입자가 곱습니다. 빨리 타고 흔적도 적지요. 당연히 입자가 고운 만큼 일산화탄소 발생량도 많습니다. 빨리 그리고 더 많이 나오죠."

"아아."

실제로 그렇게 살인에 사용된 활성탄이 타고 남은 재는 얼마 되지 않았다.

"아마도 우리가 아니었다면 완전범죄가 되었을 겁니다."

이 집에 사는 것은 어차피 최강수와 최원익 두 사람뿐이다. 최원익이 도착한 뒤 활성탄 장치를 치우는 데에 걸리는 시간은 길어 봐야 10분 정도. 그 후에 경찰에 신고하면 최강

수는 불운하게도 어딘지 모를 곳에서 흘러들어 온 일산화탄
소중독으로 죽은 사람이 되어 버리는 것이다.

"그리고 그는 막대한 재산을 물려받고 말입니다."

"음……."

노형진의 말에 성관중은 안타까운 표정을 지었다.

"사이코패스라서 그런 건가요?"

"아닙니다. 인간은 필요하면 다 합니다. 다만 사이코패스
는 감정을 느끼지 못할 뿐이지요."

"그렇기는 하겠더군요."

노형진에게 최원익이 사이코패스인 것 같다는 이야기를
들은 경찰에서는 최원익에게 사이코패스 테스트를 했다.

"검사 결과가 나왔는데 40점 만점에 39점이었답니다."

"완전 미친놈이네요."

"네."

노형진은 어쩐지 안도의 한숨이 나왔다. 40점 만점에 39
점이라니.

'그냥 있었다면 도대체 얼마나 죽였는지 알 수도 없는 녀
석이잖아?'

노형진이 기억하는 사이코패스 만점자는 딱 한 명뿐이었
다. 그리고 아래인 39점도 딱 한 명뿐이었다. 그 둘은 말 그
대로 '인간 백정'이라고 불러도 되는 인간들이었다. 서슴없이
단돈 몇 푼을 위해 사람을 죽이는 미친놈들.

"설마 풀려나지는 않겠지요?"

"힘들 겁니다."

분명 정신병을 가지고 있으면 처벌 대신 정신병원에 넣는 것은 법의 기본이기는 하지만 사이코패스는 아니다. 그들은 정신병으로 보기도 무리거니와 그곳에서 저항하지 못하는 다른 사람들을 괴롭힐 가능성이 크기 때문이다.

"역대로 사이코패스를 이유로 정신병원으로 넘어간 녀석은 없으니까요."

"음……."

"아마 무기징역일 가능성이 높습니다."

자신의 동생을 시작으로, 엄마와 아빠까지 죽인 희대의 사이코패스다. 그런 녀석을 재판부에서 풀어 줄 수는 없다.

"더군다나 홍상인에 대한 조사도 다시 시작했으니까요."

사이코패스가 벌인 살인 사건 중 가장 먼저 드러난 살인이다. 그게 수사도, 처벌도 제대로 이루어지지 않았다는 사실이 드러나면서 다시 내사가 시작되었으니 아마도 그 사건과 관련된 사람들은 징계를 피하지 못할 것이다. 물론 가장 깊숙이 관련된 사람은 자신이 구해 준 친아들의 손에 죽어 버렸지만.

"홍태호 씨는 뭐하십니까?"

"수사가 종결되는 대로 모두 다 털어 내고 시골로 내려가 겠답니다."

"그래요? 안타깝네요."

노형진은 입맛을 다셨다. 이겼지만 이겼다고 하기 뭐한 애매한 기분.

"그나저나 그날 죄송했다고 꼭 전해 달랍니다. 본심이 아니었다고."

"글쎄요."

노형진은 그저 웃을 뿐이었다.

'본심이 아니었다?'

아니다. 노형진이 봤을 때는 본심이었다. 그게 진심이었고 그걸 위해 그는 죽을 각오를 하고 칼을 집어 들었다. 죽일 자신은 없지만 방해는 할 수 있었기에.

'뭐, 이제는 상관없지.'

최강수는 죽었고 최원익은 영원히 세상으로 나오지 못하게 되었다. 그들의 엄청난 재산은 소송을 통해 피해자들, 즉 홍태호와 그 외에 드러나는 다른 피해자들의 구제에 쓰일 테고 남은 돈은 국가에 귀속될 것이다.

"그런데 태호가 그러더군요."

"뭐라고 하던가요?"

"복수의 맛은…… 달콤하고도 씁쓸하다고요."

노형진은 쓴웃음을 지을 뿐이었다.

다음 권으로 이어집니다

HUNTERS

환이 현대 판타지 장편소설

헌터스

ROK
MEDIA

황금가

나한 신무협 장편소설

『황금가』『궁신』의 나한 신작!
은둔 고수(?) 장의사 금장생의 상조 문파 개업기!

중원삼대부자 황금전가의 셋째, 금장생
집에서 쫓겨나 새우잡이 배부터 조선 인삼밭 농사까지.
사업은커녕 잡부 생활만 죽어라 하다가
팔 년 만에 고향에 돌아왔는데……
가문이 망해 버렸다!?

우여곡절 끝에 야심 차게 시작한 장례 사업
목표는 분점 확장 후 놀고먹기!

그러나 의도와는 정반대로
시체 한 구로 엮이는 팔왕가와 흑지의 강자들
그런데 잡일만 하다 왔다는 사람이……
무림십대고수들을 마주해도 너무 태연하다?

"정말 무공을 전혀 익히지 않은 거 맞아요?"
"그런 게 뭐가 중요합니까. 돈이나 벌러 가죠."